어른이라는 뜻밖의 일

어른이라는 뜻밖의 일

김현

봄날의책

차례

2부 지금 슬픔이 넓은가요

3부 책에 파묻혀 더 멀리

4부 오늘은 들었다

1부
꽁치를 노릇하게 구워 먹고 싶어졌다

느낌 아는 사람

기록적인 더위다. 대피할 만한 볕이다. 요즘 같을 때는 하던 일과 해야 할 일을 뒤로하고 아무도 찾지 않는 계곡으로 가서 시원한 물에 몸을 담갔다가 그늘에 돗자리를 펴고 앉아 몸을 말리고, 고기를 구워 먹고, 수박이나 깨 먹고, 다시 물놀이하다가 라면을 끓여 먹고 한숨 자다 철수하고 싶다. 그런 생각을 하다가 그 생각이 이루어졌으면 좋겠다고 생각하며 하루를 보낸다. 대단한 여름이다.

여름의 일들을 떠올리면 여름 음식이나 여름 여행이나 여름 놀이 같은 게 연쇄적으로 떠오른다. 모두 '쿨'한 것들이다. 자기 자신을 수영하고 몸을 말리기 위해 태어난 사람이라고 소개하는 시원시원한 '여름의 인간'도 있고, 나는 여름 바다, 여름 계곡에서만 튀어나오는 웃음을 가지고 있다. 그 웃음은 사시사철 내 안에 있는 웃음이지만, 여름에만 풍겨 나오는 제철 웃음이기도 하다. 여름의 순정만화, 여름의 드라마, 여름의 OST는 어떤가. 여름에는 자연히 청량한 추억의 한 페이지가 펼쳐지고 닫힌다.

어느 여름에 교우했던 한 소년이 있었다. 지금은 소식이 끊겼으나, 그는 여전히 선한 성품으로 곁에 있는 이를 챙기는 어른이 되어 있을 테다.

토요일 오후가 되면 종종 그와 함께 자전거를 타고 소읍을 한 바퀴 돌곤 했는데, 어스름하게 저녁 빛이 돌면 자전거를 끌고 그의 집으로 가서 설익은 포도를 나눠 먹곤 했다. 마당에 있던 포도나무에서 직접 딴 것이었다. 땀에 젖은 티셔츠를 입고 침대에 누워 만화책을 보다가 잠이 들어서 한밤중에 자전거를 타고 홀로 집으로 되돌아오던 때도 있었다. 그 밤, 그 공기는 태어나 처음으로 느껴보는 기쁨을 확연하게 해주곤 했다. 그런 즐거움 속에서, 하룻밤만 지나면 학교에서 볼 수 있을 텐데, 삐삐 음성사서함에 괜히 여름 노래를 녹음하곤 했다. 나는 그때부터 여름밤 공기를 좋아하게 되었다.

'첫 느낌'은 여름이 차지해야 옳다. 괜히 그런 것 같다. '마지막 느낌'을 겨울이 차지해야 하듯. 여름에는 누구나 새로운 사람이고자 하고, 겨울에 많은 이들은 마지막에 남겨지는 사람이길 꿈꾼다.

습기를 약하게 머금은 여름밤 공기와 어울리는 앨범 중하나가 드라마 <느낌> OST다. 김민종, 손지창이 '더 블루'라는 이름의 듀오를 결성하고 부른 <그대와 함께>가 수록된 바로 그 앨범이다.

1994년 KBS 2TV에서 방영되었던 <느낌>은 여름, 청춘, 드라마 그 자체였다. 미술을 전공하는 자상한 맏형 빈(손지창), 여자에게 무관심한 냉철한 모범생 둘째 현(김민종), 조정선수이며 상남자인 막내 준(이정재) 그리고 삼 형제가 동시에 사랑하는, 긴 생머리에 크고 환한 웃음과 슬픔을 함께 가진 유리(우희진). 캐릭터 설명만으로도 이미 여름 느낌이 물씬하다. 그 순정의 드라마를 보면서 나는 삼 형제가 아니라 형제들 사랑을 독차지하는 유리에게 감정이 입했다. 유리와 준이 사실은 남매였다는 '출생의 비밀' 앞에서 좌절했다. 준은 유리의 것, 유리는 준의 것이라고 여겼기에 눈가가 '사랑 느낌'으로 촉촉했다. 나와 자전거를 타던 소년은 준보다는 빈이나 현에 더 가까운 쪽이었는데도 역시 그랬다.

어떤 드라마나 어떤 앨범, 어떤 노래는 그 자체로 어느 한때가 아니라 어느 한 계절을 기억하게 한다. '그대와 함께, 별을 잃어버린 소년, 오늘은 정말, 그대 없이는, 느낌 Main Theme, 아마 그건, 너는?, 느낌Humming'이 수록된 이 앨범은 어쩌면 내가 지금껏 기억하는 가장 긴 여름의 이름일지도 모른다.

지금도 어디에선가 <그대와 함께>의 그 짧고 강렬한 전주가 흘러나오면 잠시 하던 일을 멈추고 다른 여름을 현재처럼 살아보곤 한다. 그때마다 새삼 깨닫게 되는 바는 내가, 우리가 이제 정말 여름을 잃어버린 건지도 모른다는 사실. 잃어버린 여름을 찾아서 당신은 지금 어떤 '옛날'을 헤매고 있나요? 당신이 간직하고 있을 가장 길거나 가장 짧은 여름의 이름이 슬며시 궁금해진다. 이 역시 여름의 일이다.

구체적으로 살고 싶은 사람

윤보라 씨는 일할 땐 일하고 쉴 땐 맥주를 즐겨 마시는 직장인이다. 그에게 맥주가 유일한 낙은 아니겠으나, 퇴근후에 편의점에 잠깐 들러 세계맥주 4캔을 고르는 얼굴이 얼마나 설렘과 평온으로 가득할지 직접 보지 않아도 알수 있을 것 같다. 오늘날 이 땅의 많은 청년 노동자들은 편의점 세계맥주 앞에서 일제히 같은 표정을 짓는다. 다 노동하며 먹고사는 가운데 고만고만한 생활의 활력소를 찾기 때문이다. 고로 맥주를 마시기 위해 운동한다고 우스갯소리를 하는 생활형 맥주애호가 '윤 대리'는 인상적이고 보편적인 인물이다.

그런 보라 씨가 요즘 들어 매우 흔한 것과는 거리가 먼 '자기 것'을 찾고자 소원하는 모양이다. 사무노동과 가사노동으로 이어지는 생활에서 벗어나 한순간일지언정 대리도 아니고, 아내도 아닌, 나라는 주체가 되어보고자 하는, 그런 걸 가능하게 해주는 물건 혹은 행위를 발굴해내기 위해 골몰 중이라는 전언. 윤 대리에겐 아무튼, 맥주가 있지 않습니까, 말해준들 맥주, 고양이, 강아지는 만인의 것이지 내 것은 아니잖습니까, 라는 말이 되돌아올 게 뻔했다.

자기만의 것이란 뭘까?

나만이 애호하는 것이 있긴 있는 걸까? 보라 씨가 이즈음 불현듯 열과 성을 다해 찾으려고 하는 것이 그 옛날에는 있었으나 지금은 사라져버린 것인지(열정 같은 거랄까), 그 옛날에는 없었으나 지금에야 비로소 찾고 싶어지는 것인지(새로운 식습관 같은 거랄까) 궁금한 마음이 솟아났다. 전자의 향수와 후자의 회한은 아무래도 다른 반응을 불러일으킨다. 향수에서 찾아오는 허무함(어쩌다 이 나이가 됐나…)보다야 회한에서 찾아오는 과한 긍정(지금부터라도 할 수 있어!)이 한결 낫지 싶다가도 둘 다 현재의 보라 씨를 형상화하는 것이라는 생각이 스치자 어쩐지 덩달아 골똘하게 되었다.

　보라 씨를 보라 씨로 만들어온 것은 무엇일까. 보라 씨는 어떻게 살아왔고, 어떻게 살고 싶은 것일까. 그이가 학창시절에 관심을 두었던 교과 밖의 것들과 앞으로 꿈꾸는 노년이 정년퇴직인지, 자영업인지, 건물주인지 묻고, 듣고 싶었다. 출판편집노동자로서 수년을 쉬지 않고 일해온 이에게 찾아온 헛헛함과 자신이 그토록 좋아하던 맥주마저 시큰둥하게 만들어버린 일상에 관하여 이야기하고 싶었다. 생맥주잔을 부딪치며 "다른 모든 눈송이와 아주 비슷하게 생긴 단 하나의 눈송이"라는 구절이 나오는 사이토

마리코의 시 「눈보라」를 넌지시 들려주고, 남들이 하는 걸 다 하는 가운데 나타나는 '나만의 것'이 있다고, 인생에 도움이 되지 않는 말을 건네고 싶었다. 생활형 애주가들이야 잘 알겠지만, 술자리에서 삶의 진리다 싶은 말들은 모두 인생에 도움이 되지 않는 말 가운데에서 찾아진다.

어느 날 불쑥 나는 누구인가, 나는 어떻게 살고 있는가, 나는 나를 더 구체적으로 살고 싶다는 상념이 밀려올 때가 있다. 누구에게나 그렇다. 그럴 때 우리는 자주 더 먼 것에, 더 새로운 것에, 더 특별한 것에 눈을 돌리기 마련이지만 어쩌면 그때야말로 우리는 자신과 제일 가까운 것에 눈을 돌려야 하는 게 아닌가 싶다. 나를 둘러싸고 있는 물건, 내 곁에 머무는 동물(사람), 나를 살아 있게 하는 노동이 바로 나를 구체적인 한 사람으로 만드는 것임을 우리는 자주 잊는 건지도 모른다. 애호라는 말은 돌출되는 말이 아니라 함몰되는 말이다. 애호하는 삶은 자신도 모르는 사이에 그저 그렇게 되어버린 생활 이야기에 지나지 않는다. 그러니까 맥주와 고양이와 출퇴근에 관련된 이야기.

나 역시 무언가를 특별히 애호하는 삶을 살지 못했다. 그리고 몇 해 전, 나는 겨울에 자주 챙겨 입는 스웨터에 관해 계속 써서 책 한 권을 묶었다. 그렇게 '아무튼, 스웨터'

는 누구나 입을 수 있는 옷에서 나만이 입고 있는 옷이 됐다. 아주 특별한 것이 아니라 일상적인 것을 꾸준히 하는 사이에 비로소 내(나를 둘러싼) 서사가 생겨나기도 하는 법. 굳이 나를 대변할 거창한 소재를 찾지 않아도 윤보라, 라는 삶은 결국엔 윤보라만의 것이다. 뻔한 소리지만 인생이 또한 뻔한 거 아닌가. 그래도 회식하고 귀가해 부족한 술을 순대볶음과 함께 채우는 윤 대리의 음주 가정사는 뻔하지 않다. 다음날 숙취도, 지각도 없이 말끔하게 출근에 성공하는 윤 대리의 투철한 직업정신도!

그늘이 있는 사람

그늘이 귀한 때다. 하루 대부분을 사무실에서 보내고 점심을 먹으러 가며 잠시 걷는 형편인데도 그렇다. 오늘 낮에도 볕이 뜨거워 그늘을 골라 다녔다. 나 혼자만 그런 게 아니다. 그늘을 따라 길가 한편으로 줄지어 걷는 취약한 사람들을 보면서 정겹구나 생각했다. 지난밤 아버지와 전화로 나눈 대화가 떠오른 건 기분 탓이었다.

고향에서 어머니를 도와 능이백숙집을 꾸려가는 아버지가 술에 취한 목소리로 다짜고짜 안부를 물어왔다.

"더운데 안 죽었어?"

이즈음, 이 더위에 죽지 않았느냐는 안부가 그리 이상할 법도 없는데 훅하고 자식의 생사를 묻는 부모의 말을 듣자니 당장 웃음이 터졌다. 아무리 그래도 대뜸 생사 확인부터 하는 건 좀…. 아버지의 다음 말은 이런 것이었다.

"다 먹고 살자고 하는 것이니 돈 아끼지 말고 먹어라."

웃음이 가셨다. 어지간히 잘 먹고 잘 살면서도 부모에게서 이런 소릴 들으면 꼭 지난 생활을 반성하게 된다. 어제는 보리차를 한 주전자 끓여놓고 냉장고에 바로 넣지 않았다.

어머니 몰래 용돈을 부쳐주겠다던 아버지, 조미 김과 커피믹스를 자양강장제와 함께 택배로 보내오는 아버지 얼굴이 눈앞에 어른거렸다. 해가 갈수록 검어지는 아버지의 그늘은 넓은 것일까, 깊은 것일까. 이 더위에 닭을 삶는 어머니의 손도 그늘이다. 부모가 쉬이 놓을 수 없는 돈은 얼마나 오래 먹고살 수 있는 것인지 괜스레 냉장고 문을 열었다 닫았다 해보았다. 내 그늘은 몇 첩 반상일까. 자식에게 그늘이 되어주는 부모와 부모의 그늘이 되는 자식에 관하여 시를 한 편 썼다.

어머니와 아버지는 젊을 적 화초 가꾸기를 취미로 삼아서 부모와 내가 살던 집에는 식물원을 방불케 할 정도로 화분이 많았다. 일요일 아침이면 화분에 물을 주는 게 일이었고, 그 귀찮은 걸 내가 맡게 되면 입을 댓 발 내밀었다가 꼭 등짝을 한 대 맞고 나서야 순순히 화분에 물을 주기도 했다. 그러나 그렇다고 한들 한여름 베란다가 점점 초록으로 짙어지는 일을 보는 것은 생동하는 경험이었다. 식물들의 온순한 품에서 오수를 즐기고 마시던 보리차는 어찌나 시원하든지.

글쓰기 모임 학인들에게 물었다. 동물과 식물 중에서 하나만 키울 수 있다면? 선택은 반반. 이유가 인상적이었다. 동물은 반응이 있어서 키우고 싶고 바로 그 때문에 식물을 키우고 싶다는 것. 동물에게 그늘이 되어주려는 사람과 식물에만 그늘을 보여주려는 사람은 분명 다른 여름을 산다. 젊은 부모가 실평수가 스무 평도 채 되지 않는 연립주택을 그토록 식물로 채워놓으려고 한 건 마음의 허기를 어쩔 줄 몰라서였는지도 모른다. 그 식물 한가운데로 처음으로 동물을 들였던 부모는 자식들에게 종종 말하곤 했다.

"저 개만도 못한 것들."

뜻 없이도 담대하던 시절, 볕도 잘 들지 않는 반지하방에서 내가 위안으로 여긴 고무나무 이름은 '르페'였다. 뜻없이 부르기에 좋은 이름이었다.

요즘 들어 다시 식물에 눈길이 간다. 여름은 초록의 계절이니까. 여름은 그늘의 계절이니까. 여름에는 부모나 자식이나 자나 깨나 몸보신 생각. 여름에는 누구나 더위를 이기는 몸으로 새로 태어나길 염원한다. 술만 마시면 직장상사에게 전화해 달갑지 않은 소리를 하고 다음 날 출근하면 늘 새롭게 태어나겠다고 말하는 이의 별명이 '신생아'라는 건 참, 선선한 웃음을 만들어주는 것이다. 그이는 몇 번이고 새로운 여름을 맞는 사람일 테지. 폭염 속에서 동료들과 맥주잔을 들고 외치는 건배와 집에 홀로 두고 온 화초가 눈에 밟혀 귀가를 서두르는 이가 키우는 식물의 이름이 '파무침'이라는 건 또 얼마나 여름에 그늘을 만들어주는 명명인지. 입추다. 폭염 가고 가을 와라.

실비보험에 가입한 사람

새끼발가락이 부러졌다. 욕실 문에 발가락을 부딪쳤을 뿐인데 이 사달이 났다. 인생 한 치 앞을 모른다지만, 미뤄두었던 휴가를 어떻게 보낼까 궁리하던 중에 골절 진단을 받고 나니 어이없어서 헛웃음이 나왔다. 자초지종을 들은 한 동료는 "디치는 건 꼭 그렇게 다치더라." 하며 사고 경험에서 우러나오는 동감과 이해를 전해주었고, 몇몇 친구들은 자신들도 욕실에서 넘어져 팔꿈치가 깨지고, 갈비뼈가 나갈 뻔한 적이 있다는 사실을 알려왔다. 그 와중에 허종윤 씨는 휴대전화 메신저로 '글 아이템 하나 나왔네.'라며 농쳤다. 글이란 자고로 경험에서 나오는 것이라는 그의 말을 보며 더 사실적인 작품을 쓰기 위해 살인까지 저지르는 작가에 관한 이야기를 별안간 떠올렸다. 그렇게 극단적이진 않더라도 원고 마감을 위해 자기 스스로 욕실 문에 발가락을 던지는 작가란 얼마나 인간적인가. 그래도 한창 더울 때가 아니라서 다행이라는 시의적절한 걱정과 '발가락 파이팅'이라는 귀여운 응원까지 듣고 나니 불행 다음은 행운이라는 심정으로… 로또를 샀다. 아픔만큼 성숙하는 것이 아니라 아픔만큼 긍정하게 된다.

일확천금을 꿈꾸는 이치고 '의료비 비급여' 항목을 생각하지 않는 이가 있을까. 최근 병원비 걱정 없는 나라를 만들겠다는 정부의 건강보험 보장성 강화 대책이 반가웠던 건 새끼발가락 때문만은 아니다. 병원 갈 일이 늘어나면서 (언제 어디에 써먹나 알 수 없던) 실비보험을 효율적으로 써먹어서다. 아픈 것도 서러운데 돈이 없어서 치료를 못 받는다는 사연이나 간병 필요한 사람 하나 있으면 집안이 거덜 나더라 하는 사연은 이상하게도 어디 멀리 있는 게 아니라 여기 가까이 있는 것이다. 지금 병원비로부터 자유로운 자는 없다.

여러 해 전, 내가 실비보험에 가입하는 데 결정적인 계기를 마련해준 건 보험설계사가 들려주는 솔깃한 얘기가 아니라 사고를 당한 친구에게서 들었던 "실비보험 없었으면 어쩔 뻔했을까."라는 소리였다. 실비보험 없이 아플 생각도 하지 말라는 친구의 말이 선뜩한 경험담으로 다가왔다. 야속하지만 아픈 몸을 살기 위해선 돈이 필요하다. 이즈음 정부의 정책에 촉각을 곤두세우고 실비보험을 해지해야 하느냐 마느냐 고민하는 이들이 많다는 건, 이미 오래전부터 많은 사람들이 그걸 민간 분야가 아니라 공공 분야로 믿고 있었음을 방증한다. 실비보험이 없어도 실비보험만큼이나 의료 혜택을 받을 수 있는 행운을 꿈꿔보지 않은 이가 몇이나 될까.

발에 깁스를 하고 사무실에 앉아 있자니 (당연하게도 혹은 다행스럽게도) 일에 능률이 오르지 않아 괜히 휴대전화 달력에 저장해둔 일정을 살펴보았다. 이왕 이렇게 된 거 발가락 건강 회복을 위하여 몇몇 약속을 취소해보기 위해서였다. 어리석게도 아파야지만 지금까지 써먹어온 몸을 되돌아본다. 오랜 노동으로 발뒤꿈치 통증 증후군을 앓고, 손가락에 염증이 생기고, 거북목이 되고, 골반이 틀어지고, 쇄골과 어깨로 담이 오는데도 선뜻 병원을 찾지 못하는 사람이 바로 당신 그리고 당신 옆에 있는 사람이다. 그렇게 여기면 신기하게도, 아플 때 여러 사람에게서 듣게 되는 괜찮아, 어쩌다 이랬어, 나이 먹으면 뼈도 잘 안 붙는다는데, 앞으로 살살 좀 살자, 라는 말들은 그 자체로 어떤 보험의 특약 같고, 1등보다 사실적으로 쓸모 있는 5만 원짜리 당첨 번호 같으며, 아픔을 마주하게 하는 용기 같다. 아프지 않은가? 그럼 아픔에게 손 내밀길. 아픈가? 그럼 아프지 않은 사람에게 말하길. 손 내밀어 주세요.

 그나저나 명심하자. 자나 깨나 문 조심, 발가락 조심이다. 의사 선생님 말씀에 의하면 발가락뼈 요놈이 다른 데보다 더 아프고, 꽤 오래 몸을 괴롭힌다고 한다.

예쁜 쓰레기를 산 사람

한동안 여행을 다니지 않았다. 시간이 조금 부족했고, 돈은 조금도 부족하지 않았다. 많아서 부족하게 느껴지고, 적어서 알맞게 느껴지는 것도 있다. 나도 나지만, 많은 이들이 넉넉한 줄 몰라 돈 못 쓰고, 부족한 줄 모르고 시간을 쓴다. 그러나 그럼 또 어떤가. 알다가도 모르고 모르겠다가도 아는 게 인생.

최근 동료 이지영 씨가 '무일푼으로 하루 버티기'를 실행했다. 내 편에선 어리둥절한 일이었는데도 '초코송이' 하나에 자책과 자위를 오가는 지영 씨를 지켜보며 소소한 기쁨을 느꼈다. 한 인간이 과자 한 봉지로 고뇌하는 것을 보며 저이와 나는 똑같은 인간이다, 깨닫는 것으로 빡빡한 사무 생활이 잠시 헐렁해지기도 했다. 먹고 싶으나 꾹 참고 있다는 문제의 과자를 지영 씨에게 건네주었다. 그가 아이처럼 좋아했다. 당분간 소비하지 않고자 마음먹는 일은 '소비의 기쁨'을 되찾아보고자 하는 행위구나 싶었다.

당신 주변 사람이 "어제 홈쇼핑을 보다가 나도 모르게…"라고 운을 뗀다면 마음의 지갑을 열어서 기쁨을 꺼내주는 게 잘하는 일이다. "가끔은 생수 한 병도 허투루 사지 않는 이보다 다이어트 한약과 치맥을 동시에 소비하는 이가 더 살뜰해 보인다."라는 말까지 보태준다면 금상첨

화. 소비하는 기쁨, 특히나 충동적으로 소비한 기쁨은 나눌수록 커진다.

여행을 다녀왔다. 연휴 덕을 봤고, 급격히 저하된 주량이 동력이 되었다. 술자리를 줄이니 저절로 술값이 줄었고, 한 며칠 여행 경비로 쓸 만한 것이 모였다. 술값 무서운 것이다. 여하간 여행 중엔 차마 해서는 안 될 일 같아서, 여독을 충분히 빼고 난 이후에 찬찬히 영수증을 정리했다. 소비 내역은 단순했다. 여행지에서는 잘 먹고 잘 자면 그뿐이니까. 더 아껴 써야 했나 하는 당연한 생각은 당연히 하지 않았다. 나에게 여행은 잘 못 먹고 잘 못 자던 생활을 뒤로한 채 가는 것이므로. 여행은 시간이나 공간을 이동해 가는 경험이기도 하지만, 살림을 놓아보는 체험이기도 하다. 영수증은 그 무모한 도전의 보증서 같은 것.

영수증을 잘 정리해 짝꿍과 공유했다. "생각보다…"라고 말하는 이의 얼굴을 유심히 관찰했다. 아쉬움이 많아서 알맞게 느껴지는 경우도 있고, 아쉬움이 적어서 부족하게 느껴지는 경우도 있다. 그것이 또한 여행이 선사하는 신비로움이다. 나와 비슷한 시기에 여행을 간 한 친구는 타야 할 비행기를 놓쳐서 어느 도시에 잠시 더 머물게 되었다는 소식을 전하며, 그 역시도 의미가 있을 거라는 말을 덧붙였다. 놓쳐서야 붙들게 되는 아쉬움도 있다. 여행지에서는 붙잡는 것보다 놓치는 게 많아야 하고, 정신줄 놓은 소비도 그중 하나다.

때로는 물건 값을 떠나 소비하지 않던 것을 소비함으로써 소비를 그저 소비가 아닌 것으로 만들 수도 있다. 이번 여행에서는 예상치 못하게 손목시계를 두 개 샀다. 평소라면 사지 않았을 비싼 물건이었다. 짝꿍은 그게 자신이 가진 물건 중에 가장 좋은 것이라고 했고, 나에게도 그런 좋은 물건은 없었다. 비싼 물건이 좋은 물건이다. 그러나 비싼 물건만으로 조성되는 일상에서 우리는 멀리 떨어져, 숨쉬고 있다. 나와 짝꿍은 그것들을 '예물시계'라고 불렀다. 우리의 결혼은 합법화되어 있지 않은데도.

어제는 10월의 마지막 날을 재밌게 만들기 위해 오천 원짜리 '예쁜 쓰레기'를 하나 샀다. 조악한 핼러윈 전구를 방 한쪽에 붙여두고 신이 나서 불을 켰다 껐다 했다. 어떤 이에게 여행이 떠나지 않고자 하는 행위의 결과이듯, 어떤 이에겐 영수증이 소비하지 않고자 하는 행위의 결과물이다. 어리석은가? 그럼 어떤가. 그 역시 소비하는 인간이 보여주는 좌충우돌. 비행기표 값을 뽑기 위해 유럽 명품 아웃렛에서 가방과 지갑을 쓸어 왔다고 말하던 친구는 자기를 꽤나 생산적으로(!) 여겼다.

(‘소비 총량의 법칙’이라도 있는 듯 하루를 쓰지 않으면 한꺼번에 쓰게 된다고 말하는 지영 씨는 요즘도 때때로 무일푼으로 하루를 버틴다. 귀엽고 재미난 일이다.)

버리고 후회하는 사람

모든 게 미세먼지 탓이었다. 볕은 좋았으나 외출은 꺼려지던 차에 밀어두었던 집안일을 시작했다. 정리하고 청소하기. 간편한 마음이었다. 우선, 옷장에 잘 접어둔 겨울옷들과 수납 상자 대신 캐리어에 넣어둔 봄여름 옷을 꺼내 정리했다. 담아둘 때는 몰랐으나 풀어놓고 보니 한 짐이었다. 차곡차곡 눌러 담은 마음과 와르르 풀어버리는 마음은 분명 다르리라. 사놓고 한 번도 입지 않은 옷과 이쯤 입었다 싶으면 버려도 아깝지 않겠다 싶은 옷들을 분리수거용 봉투에 담았다. 옷장 정리가 끝나자 이번에는 신발장으로 손이 옮겨 갔다. 치수가 작아 신을 때마다 고생이던 운동화 두 켤레를 버렸다. 정리하지 못했던 마음도 나름 간절했을 텐데 정리하자 마음먹으니 쓰레기봉투 속으로 잘도 들어갔다. 다음은 주방 찬장으로, 그다음에는 화장실로 자연스레 정리의 동선이 이어졌다.

시작할 때 흔쾌했던 기분이 오래지 않아 시들해졌다. 슬슬 복잡한 마음이 되었다. 주말이었으므로, 쉬는 날 왜 사서 고생인가 싶었다. 틈틈이 쓸고 닦음에도 불구하고 늘 청소하지 않은 집처럼 보이는 건 무슨 이유인가 모르겠다가도 이고 지고 사는 살림을 되돌아보면 모든 게 이해됐다. 버리지 못하는 생활을 지속해서 지속하고 있다!

마지막으로 정리할 곳은 책장이었다. 정확하게는 수납 공간이 없어서 방 이곳저곳과 베란다에 잔뜩 쌓아둔 책 무더기들이었다. 읽는 걸 좋아하고, 쓰기도 하는 사람에게 책 정리만큼 큰 각오를 필요로 하는 일도 없다. 언젠가 다시 읽게 되리라는 마음이 쉬이 덮이지 않는다. 살림의 달인은 '언젠가는'이라는 기대의 꼬리를 잘 자르는 사람일 것이다.

크고 작은 상자를 준비해 오랫동안 모았던 잡지와 단행본들을 차곡차곡 담았다. 개중에는 대학교 전공 서적도 있었고, 한 연말파티에서 이벤트 선물로 받은 사랑의 서스펜스에 관한 101가지 콩트집도 있었으며, 문단 내 성폭력 해시태그 증언 이후 좋아하는 작가 목록에서 삭제해버린 이들의 책도 있었다.

상자 열 개를 들고 나르며 새삼 책의 무게를 실감했다. 간직하고 있을 때 알게 되는 책의 무게와 버리게 될 때 비로소 알게 되는 책의 무게는 얼마나 다른지. 버려질 때 책은 비로소 무겁고 버려지지 않을 때 책은 가볍다. 두 손이 무거워졌다. 그제야 겹겹이 쌓아놓은 책들 때문에 휘어진 책장 선반이 눈에 띄었다. 쌓이는 무게와 휘어지는 무게를 가늠하느라 책장 앞에 우두커니 앉아 있었다. '독서'라는 살림을 잘 꾸리는 사람은 쌓고 버리기를 반복하며 휘어지는 무게를 조절할 줄 아는 사람이다. 책장 선반이 무너지는 소릴 듣고 놀라 잠 깨는 사람의 의식은 어찌나 선연할지. 죽비에라도 맞은 듯이 그 순간은 쾌청하고 따끔할 것이다.

분리수거된 상자에서 두 장의 엽서를 발견했다. 다시 챙겨들었다. 지금은 아니지만 언젠가는 어디에 두었나 찾게 될 것이라고, 믿었다. 그때는 자주 사용했으나 지금은 사용하지 않는 것, 그때는 기념하려고 했으나 이제는 기념할 만한 게 남아 있지 않은 것에서 어찌 실용적인 면만을 찾으랴. 흔들렸다. 그렇다면 저 책은….

빈손으로 집에 돌아왔다.

어딘가 변한 듯도 하고, 변함이 없는 듯도 한 집 안을 둘러보며 '한동안은 또 정리와는 먼 생활을 하게 되겠구나.' 하고 안도했다. 집 안 정리는 거쳐야 할 감정의 노고들이 많은 일이다. 단출한 삶을 긍정하는 사람은 청결한 사람보다는 바지런한 사람에 가깝다.

쉴 새 없이 몸을 움직인 탓에 다음 날엔 허리가 결렸다. 정리의 무게를 실감했다. 어제 하루를 반짝 후회했다. 허리를 부여잡고 살펴본 집 안에는 여전히 '언젠가는'이라는 물건이 그득했다. 그리고 기억났다. 버려진 책의 책장 사이에 끼워둔 그 계절의 산물이. 그것이 언제부터 붉은빛이었는지. 그때 그걸 건네준 사람이 어디서부터 환하게 웃고 있었는지.

혼자를 책임질 줄 아는 사람

헤어질 때 친구가 지어 보인 표정이 쉽게 잊히지 않는다. 십여 년 동안 어울려 지내면서도 좀처럼 보지 못한 얼굴이었다. 항상 어릴 것 같았던 사람이 고국을 떠나 타국에서 익힌 그 덤덤한 표정은 소리 내지 않고도 말하고 있었다. '이제 혼자인 시간이 익숙합니다.' 말하자면 그 얼굴은 어느새 어른이 된 얼굴이었다.

다낭에 다녀왔다. 휴식과 식도락 관광이 주요한 계획이었지만, 여행을 핑계 삼아 타국에 사는 친구의 살림살이를 직접 확인하고 싶은 마음이 컸다. 한국에 올 때마다 친구가 들려주는 외국인노동자 생활 이야기가 무턱대고 밝기만 해서였다.

숙소에 짐 풀기 무섭게 거의 티 나지 않게 등을 떠밀어 친구 집으로 갔다. 좁은 원룸 한쪽에 빨래를 널어둔 건조대가 있었고, 미니 냉장고를 열어보니 냉장·냉동 칸에 한국산 인스턴트식품들이 잘 정리되어 있었다. 그게, 그 평범한 풍경에 마음이 놓였다. 똑같구나. 거기나 여기나. 듣기만 해선 구체적으로 그려지지 않던 살림살이를 곁에서 지켜보자니 싱거운 심사가 되었다. 가깝고도 먼 나라에서 친구는 살고 있었다.

지내는 것이 아니라 사는 사람.

친구 얼굴에 드리운 이방인의 그늘이, 친구의 말씨에 담긴 노동자의 고단이 뒤늦게 보이고 들렸다. 친구는 베트남어로 음식을 주문할 줄 알았고, 생활의 온갖 피로를 '존나'라는 단어에 집약시키는 법도 터득하고 있었다. 그렇게 현지에 적응한 친구가 이상하게도 한국에서의 그이보다 더 가깝게 느껴졌다.

타국에서 벌어먹는 삶을 선택하겠다던 친구의 '첫 얼굴'이 기억났다. 미래에 대한 설렘보다는 불안이 훨씬 더 많은 비중을 차지하고 있던 그 얼굴은 이제 온데간데없이 사라진 상태였다. 다행이었다. 드디어 그는 자신보다 열 살이나 많은 나를 친구처럼 여겼고, 인생에 관해 진지하게 얘기할 줄 알았다. 타국살이의 만만치 않음을 통해 그는 무르익었다. 성장한 사람이 아니라 성숙한 사람을 앞에 두고 나는 고개를 끄덕였다.

어른이란 어떤 행위를 통틀어 일컫는 것일까. 못 먹던 음식을 먹게 되거나 속내와는 다른 감정을 표출하는 일, 지나간 것은 지나간 대로 의미가 있다고 여길 줄 아는 온유함, 지금 해야 할 일을 다음으로 미루지 않는 단호함, 나의 생활로 상대방의 생활을 가늠해볼 줄 아는 상상력…. 어른의 기본 의미는 다 자란 사람 또는 다 자라서 자기 일에 책임을 질 수 있는 사람이다. 스스로 책임을 물을 수 있고, 책임에 답할 수 있으며, 책임에 관해 반성할 줄 아는 어른이란 그러니까 연결되는 행위들에 몰두하는 사람이다.

떠나는 친구를 향해 여러 번 손 흔들지 않고, 돌아서던, 친구의 '연결 동작'을 지켜보면서 나는 그를 더는 혼자라고 생각하지 않기로 했다. 혼자를 책임질 줄 아는 사람의 얼굴은 담대하다.

배워서 만드는 얼굴이 있는가 하면 자연히 만들어지는 얼굴도 있다. "무례한 사람에게 웃으며 대처하는" 얼굴은 배워야 나타나지만, 상대방을 배려하며 살아온 얼굴은 그 자체로 예의 바르다. 전자가 어른스러운 얼굴이라면, 후자야말로 어른의 얼굴. 어른스러운 얼굴이 감정의 축적으로 이루어진다면, 어른의 얼굴은 감정의 기복으로 축조된 얼굴이다. 수년 동안 친구의 얼굴에 밴 것은 어떤 허물어짐의 결과일까.

헤어질 때 어떤 행위를 하는가. 그건 일종의 어른 테스트다. 나는 헤어짐을 받아들일 때 상대방의 두 손을 꼭 잡는다. 어린아이 같은가? 당신은 헤어질 때 어디를 무엇을 움직이는가.

친구가 맥주 서너 잔에 소취해 이제 막 교제를 시작한

이를 어떻게 좋아하게 되었는지, 어째서 좋아하고 있는지를 이야기하던 모습이 또한 두고두고 기억에 남는다. 참 어린아이 같던 그 얼굴을 어른스러웠다고 해야 할까, 어른의 얼굴이었다고 해야 할까.

달을 올려다보는 사람

이번에는 명절 살풀이다. 연휴가 길었다. 몸도, 마음도, 멘탈도 성할 리 없던 추석. 여러 사람과 명절 뒷이야기를 나누며 연휴의 끝자락을 속 시원히 보냈다.

올해 처음 며느리, 사위 노릇을 한 이와 더는 '설거지 귀신'으로 살 수 없다 선언한 이. 연휴를 앞두고 해외로 자취를 감춘 이와 연휴에도 먹고살기 위해 일을 멈추지 못한 이. 명절에 드디어 반려묘와 생이별을 경험한 이와 임신과 출산에 성공하여 잠 못 드는 이까지 명절 뒷이야기는 언제나 그렇듯 다채로웠다.

나는 추석 전날 귀향했다 이틀을 온전히 채우지 못하고 귀경했다. '아들 노릇'은 하나도 하지 않고 부모와 친지에게 작은 걱정거리가 되었다가 홀연히 고향을 떠나온 셈이다. 막차에 올라 고향에서 점점 멀어지며 이상한 감흥에 젖었다. 휘영청 밝은 보름달을 올려다보았다. 달은 가깝고도 먼 것이었다. 달은 움직이면서도 멈춰 있는 것이었다. 달은 보이면서 보이지 않는 것. 달은 충만하면서 동시에 비어 있었다. 조용히 자식 곁에 와 앉아 자신의 소소한 일상을 말하고 자식의 분주한 일상을 궁금해하던 부모의 쇠락한 얼굴이 겹쳐졌다. 쇠락을 지켜보는 일은 무한히 쓸쓸한 것. 그러나 그 유한한 일을 통해 인간은 겸손을 배운다.

지난 설에 어머니, 아버지에게 겸손히 이야기했다. "이제 더는 결혼 얘기를 하지 않으셔도 됩니다." 그런데도 올 추석에 어김없이 결혼 얘기가 흘러나왔다. 동갑내기 조카가 애인을 데리고 오고, 27살 조카가 연상의 이성과의 연애를 공개하는 바람에 명절 술자리가 결혼과 이혼과 재혼에 얽힌 이야기로 점철된 탓이기도 했으나 부모에게 실망했다. 때론 부모도 자식에게 실망하니 서로 비긴 것인데 괜히 어깃장을 부리고 싶었다. 아들의 연애를 몹시 못마땅해하는 사촌 누나에게 말했다. 자식을 부모가 소유한 것인 양 굴지 마라. 며느리는 당신의 딸이 결코 될 수 없다. 부모도 가끔은 '부모 노릇'을 잘하지 못한다. 그러나 다들 '결혼도 못 해본 자식이'라는 시큰둥한 반응이었다. 너부터 아들 노릇 하라는 말이 따라붙었다. 명절이면 현금을 준비하고, 일찍 귀향해 동그랑땡도 부치고, 술상도 단정히 차려내고, 설거지도 깔끔히 했는데, 며느리를 고용하고 대를 잇는 아이를 생산해야만 충실해지는 아들 노릇, 참 이상한 노릇이다. 결혼하면 효자가 되는 아들 노릇은 또 어떻고.

여하간 막차는 좀처럼 좁혀지지 않는 그 부모 노릇과 아들 노릇을 되돌아보며 부모 된 마음을 헤아리기 좋은 장소였다. 이해로부터 시작된 헤아림이 아니라 이해할 수 없음으로부터 시작된 살펴봄이었다. '어쩌다 저리 늙는가.' 부모 마음이 아니라 내 마음을 점검하는 것이었다. 처지를 바꿔보는 일로 해결될 심사가 아니었다. 명절에 그런 심사가 많다. 아내와 남편이, 고부가 처지를 바꿔본다고 해결될 수 없는 심사도 있다. 가부장제가 나누어 놓은 계급을 점검하는 일은 처지를 바꿔보는 게 아니라 처지를 바꿔보지 않는 것에서 시작되기도 한다. 소원을 빌었다. 달은 거기, 나는 여기 있었다.

부모가 마련한 집이 아니라 내 집에 와 몸을 풀어놓으니 입에서 절로 탄성이 흘러나왔다. 편두통이 시작됐다. 버스에서 올려다본 달이 울컥 솟아올라 질질 짜고 말았다. 웃긴 일이었다. 오래 교제한 사람이 있다고 부모에게 다시 잘 말해놓을걸, 뒤늦게 자식 노릇이었다. 그러나 그즈음 부모도 자식 생각에 밤잠을 설치는 부모 노릇을 했으리라. 편의점에서 사 온 '한가위 도시락'을 꾸역꾸역 먹었다.

두고두고 기억하고 싶은 올 추석 풍경은 이런 것이다.

버스가 포천 어디쯤에서 잠시 정차했을 때였다. 이주민 노동자 다섯 명이 달 아래에서 환하게 웃으며 사진을 찍고 있었다. 진정 향수로 가득 찬 얼굴이었다.

가을에 무릎을 꿇는 사람

1

'가을엔 편지를 하겠어요. 누구라도 그대가 되어 받아주세요. 낙엽이 쌓이는 날.'

다른 계절이 아니라 가을에 꼭 해야 할 일을 계획하는 사람이 아직 남아 있길 바란다. 이제 누가 가을을 사색의 계절로 여기는지 알 수 없지만, 가을이면 어김없이 책 읽기를 권하고 책을 읽다 한 번쯤 딴생각에 빠져보라고 말하고 싶다. 어떤 책이어도 상관없다. 그저 책을 읽다가 차분히 나에게도 낯선 내가 되어보는 것이다. 그런 나에게 물을 수 있다.

가을에는 왜 입이 달고, 가을에는 왜 혼자 정처 없이 걷고 싶은지. 가을에는 불현듯 사무적인 인간이 되고 싶지 않고, 가을에는 부모와 자식이 가야 할 길을 곱씹는 것만으로도 우수에 젖게 되는지. 길에서 사는 고양이는 언제 어디에서 인생을 곱씹는 걸까.

가을은 학창시절 어울려 지내던 사람의 얼굴이 흐릿해지고, 먼지 쌓인 졸업앨범을 들추게도 되는 계절. 가을에는 작은 개에게 마음을 건다. 버려지거나 학대받은 것들에게 가을은 혹독한 시절을 준비하는 쓰라린 계절이다. 그런 데 마음 쓰다 보면 자연스레 '돌아와라 마봉춘'을 위한

파업을 지지합시다, '행동하는성소수자인권연대'의 20주년을 기꺼이 축하하고, '내일의 사무보다 오늘의 허리!' 직업병을 앓는 동료에게 손 내밀고 싶다. 그러니까 가을에는 몸보다 먼저 마음을 움직이고 그 마음을 따라 몸이 움직인다.

어제는 올 들어 처음으로 풀벌레 소리를 들었다. 한밤이었다. 라디오 볼륨을 낮추고 책을 덮고 창문을 반쯤 열어두었다. 백로. 24절기 중 하나인 백로에는 밤에 기온이 내려가고, 대기 중 수증기가 엉켜서 풀잎에 이슬이 맺힌다. 가을 기운이 완연해지는 때. 경상남도 섬 지방에서는 백로에 내리는 비를 풍년의 징조로 믿었다. 가을밤엔 섬에서의 우중산책을 그려보는 일에 몸을 맡겨보기도 하는 것.

책을 열어야 찾아오는 생각이 있듯 책을 덮어야만 찾아오는 생각도 있다. 그 밤, 가을 풀벌레 소리를 들으며 책을 덮지 않았더라면, 비 오는 섬을 떠올릴 일도 없었을 테다. 아이러니하지만 가을에는 책을 펼치라고도, 책을 덮으라고도 권할 수 있겠다. 백로 즈음은 여름 농사를 짓고 추수 전까지 잠시 휴식을 취하는 때이다.

가을 독서와 가을 사색과 가을 휴식은 "침묵과 도약으로 이루어져 있다."라고 해야겠다. 무르익을수록 고개를 숙이는 벼는 침묵 속에 빠지는 것일까, 도약을 이룩하는 것일까. 무릇 우리는 가을이 되어서야 비로소 입을 다문다. 가을비 내리는 날 우산 속에서 고개 숙이고 조용히 빗물이 만들어내는 무늬를 본다. 후두두 세차게 그러나 시원스럽진 않게 떨어지는 비는 삶을 은연중에 위무하고, 가을엔 잊고 있던 책을 펼쳐서 시간을 찾는다. 낙엽은, 낙엽으로 비유되는 생은 도약의 산물이다.

2

책에도 제철이 있다. 가을은 산문집의 계절. 이맘때면 한 번씩 챙겨 읽는 책이 있다. 장 그르니에의 산문집 『섬』이다. 이 책에는 장 그르니에와 그의 어머니가 키우던 고양이 '물루'에 관한 산문이 담겨 있다. 섬에 관한 긴 산문 몇 편을 모아 묶은 이 산문집에 고양이에 관한 글이 끼어 들어간 건 의아하지만 한편 그리 이상한 일도 아니다. 고양이는 섬이다.

「고양이 물루」는 다음과 같은 문장으로 시작된다.

"짐승들의 세계는 침묵과 도약으로 이루어져 있다."

어떤 글, 어떤 책은 한 문장으로도 이미 최선을 다한 것이다. 함께 사는 짐승이 있든 없든 가을에 저 문장을 발견한 사람이라면 누구나 이런 광경을 상상할 테다. 고양이 한 마리가 갸릉갸릉 잠들어 있는 침대나 의자. 그 고양이가 잠에서 깨어 후다닥 장롱 위로 뛰어올라 몸을 숨기는 모습. 머릿속에 형상이, 풍경이 그려지면 당신은 그때부터 사색 중이다. 그 사색은 고양이를 통과해 자신에게로 간다.

'침묵은 길고 도약은 짧다. 슬픔은 길고 기쁨은 짧다. 질문은 길고 대답은 짧다. 고생은 짧고 가을은 길다.'

가을에는 인생에 밑줄을 긋고 한 시절에 돋보기를 들이댈 수 있다. 사색은 내 안에 고유한 시공을 창조해보는 일이다. 장 그르니에는 물루의 삶이라는 장소와 죽음이라는 시간을 통해 인간과 반려동물 사이에 존재하는 멀고도 가까운 거리감을 살핌과 동시에 "범우주적인 사랑의 법칙", 즉 죽음에 복종하고 다시 새로이 생존을 맞는 만물의 '우주적인 삶'을 성찰한다.

'고양이 물루'는 이렇게 끝이 난다.

"그는 이제 땅속에 누워 있다. 바로 그날 저녁부터 떨어진 낙엽이 그 위를 덮었다."

짐짓 가을에 고양이 한 마리를 살펴 읽으며 먹고사는 것과 먼 공상에 빠져보는 사람만이 자신의 어떤 시간을 자신의 것이 아닌 것으로 만든다. 깨닫는다. "(물루의) 죽음은 내가 나의 힘을 과신하고 있었음을 가르쳐주었다."라고. 그때 그 멈춤, 그 떠오름, 그 깨달음은 자신 안이 아니라 자신 밖에서 영원하다. 보편적이다. 우주적인 것이다.

3

가을에 편지를 쓴 지 오래되었다.

이제 누가 편지 같은 걸 쓰는지 알 수 없지만, 다른 계절이 아니라 가을에 꼭 편지하는 사람이 남아 있길 바란다. 책을 읽는 일은 편지를 주고받는 일과 같다. 그렇지 않다면 모든 글은 쓰는 자의 서랍 속에서 침묵을 지켰을 테다. 책을 읽다가 생각에 잠기는 것은 그러니까 어떻게 답장할까, 고민하는 일.

'가을 꽁치의 맛.'

오늘은 오즈 야스지로의 산문집 『꽁치가 먹고 싶습니다』에서 이런 문장을 발견하고 오즈 야스지로 감독에게 보낼 편지를 고민했다. 오즈 야스지로는 이 세상 사람이 아니다. 책은 이곳과 저곳을 연결한다. 삶과 죽음 사이에 펼쳐진 다리, 책의 물성은 생각보다 놀랍다.

한동안 잠잠했다. 창문은 반쯤 열려 있고, 가을볕이라고 부를 만한 것이 베란다에 널어둔 빨래를 말리고 있었다. 가을 잠자리는 언제 오는가. 여름 꽁치의 맛과 봄, 겨울 꽁치의 맛은 어떻게 다른 것인가. 그러나 이미 (앞서 쓰인 문장 때문에) 꽁치는 가을의 맛.

꽁치를 노릇하게 구워 먹고 싶어졌다.

오즈 야스지로는 만춘, 초여름, 가을 햇살을 찍었다. 세 편의 영화에는 모두 배우 하라 세쓰코가 나온다. 하라 세쓰코는 가을에 세상을 떠났다. 오즈 야스지로는 그보다 먼저, 겨울에 갔다. 산 사람이 쓴 글이 죽은 사람의 책으로 변화하는 것 역시 우주적인 일이다. 도약 그리고 침묵. 어느새 낙엽이 떨어진다. 가을엔 무릎 꿇어야 할 일이 많다.

다시 태어나는 게 빠른 사람

직장인 건강검진 시즌이다. 나도 역시 가벼운 마음으로 검진을 받았다. 대장 내시경이라는 큰 장벽이 있었으나 나름 성실히 넘어섰다.

그즈음 친구들과 술을 마셨다. 술잔을 앞에 두고 있자니 저절로 건강검진이 화제가 되었다. 금주와 금연을 이미 수년째 권유받아온 이부터 헬스와 수영으로 몸을 만들어온 이까지 모여 있으니 대화는 자연히 이미 버린 몸, 앞으로 버리게 될 몸, 너는 아직 젊구나, 늙어가는 신체와 질병이라는 고비를 허허실실 긍정하는 쪽으로 기울었다. 건강은 건강할 때 지켜야 하고 술은 마실 수 있을 때 마셔야 하며 노는 것도 힘이 있어야 논다. 술자리는 늦도록 이어졌다. 건강하고자 했던 대화는 직장생활의 애환으로 바뀌었다가 학창시절 추억담으로 흘러갔다. 젊은 시절에 건강하지 않았던 이들이 없었다.

건강검진 결과 보고서가 하나둘 사무실로 도착했다. 기대했던 대로 나도 우리 부서 사람들도 꾸준한 운동이 필요한 뻔한 몸들이었다. 내가 받은 의사의 판정소견은 이러했다. '요추 추간판탈출증, 발적성 위염, 골감소증, 고지혈증, 영양 부족, 신체 강도 허약, 근육량 부족, 체지방률 비만…'

기대를 저버리지 않고 결심했다. 내년에는—내일이 아니다!—기필코 운동하자.

표준에 가까운 몸과 표준에서 멀어진 몸과 드물지만 위험에 접어든 몸을 가지고 우리는 산다. 점점 거북목이 되어가고, 내장지방으로 무거워지며, 지방간 수치는 높아지는 '앉은뱅이 사무원'들의 몸이란 이토록 한결같다. 사무원이 되기 전 우리 몸은 얼마나 생활력이 강했던 걸까. 그때는 컵라면과 삼각김밥으로 식사를 때우고 아르바이트를 하며 밤낮으로 몸을 혹사해도 힘이 넘쳤더랬다. MSG의 힘이었으나 그래도 기운찼다. 동료가 말했다.

"우리 같은 몸들은 다시 태어나는 게 빠르겠는데요."

다시 태어날 수 없다면 다시 태어나기 위해 애는 써보기로 했다. 장바구니에 채소와 과일과 버섯과 두부, 멸치 같은 것들을 평소보다 더 담았다. 아침을 꼬박꼬박 챙겨 먹는 인간이고자 선식과 두유도 샀다. 장바구니가 무거워질수록 건강해지는 기분이 들었다. 이런 기분이 이런 몸으로 내일을 살게 하는구나 싶었다. 그런 나를 물끄러미 보던 짝꿍이 중얼거렸다. 며칠이나 갈까. 그러게, 건강검진의 효능은 며칠이나 가는 걸까. 어쩌면 많은 이들에게 연말 건강검진이란 새해 작심삼일을 위한 '해프닝' 같은 건지도 모를 일이다. 그러나 그런 순간에, "그래도 회사에서 종합 검진을 해주니 좋네."라고 말하는, 의료보험 지역가입자인 짝꿍의 말은 환기하는 바가 있었다.

'직장인 건강검진 시즌'이라는 테두리 속에 포함되지 못하는 노동자가 많다. 나도 오랫동안 그런 노동자였다. 자신들의 무지외반증을 전시하면서까지 건강권을 보장하라고 외친 백화점 판매사원들이나 연말이면 공연 연습에 더 힘써야 했던 간호사들, 취업률 저하 때문에 학교로 복귀하지 못하고 학교 밖에서 목숨을 잃은 현장실습 노동자들 모두 건강을 챙기는 삶보다는 건강을 염려하기만 하는 삶을 사느라 바빴을 것이다. 그들에게 건강검진이란 무슨 의미였을까.

연말이면 나와 가족과 친구, 동료의 건강을 걱정하고 챙기게 된다. 묻게 된다. 사회적 차별과 혐오와 불안의 경험 등은 어떻게 우리 몸을 아프게 하는 걸까. 모든 노동자가 해도 그만 안 해도 그만인 건강검진이 아니라 해서 득이 되는 건강검진을 받을 수 있다는 건, 건강의 평등을 시작하는 일일까, 아픔의 평등을 시작하는 일일까.

더 먹고 더 마시고 더 자는 사람

결심했다.

1월에는 해야 할 일과 하고 싶은 일을 고르게 되고, 하지 말아야 할 것과 하고 싶지 않은 것을 궁리하게 된다. 산뜻한 마음으로 새해를 맞이하기 위해 줄넘기를 샀다. 짝꿍이 강력히 만류했지만 기어이 그랬다(음, 일단 웃어도 된다). '1월 1일은 빨간 날이니까… 1월 2일부터 주 3회 줄넘기하는 사람으로 거듭나자' 마음먹었지만 고개가 바로 끄덕여지지 않았다. 원래 1월에 하는 결심은 고개를 바로 끄덕이는 결심이 아니다. 우리에겐 아직 2월 새해가 있고, 3월 새봄이 있기에. 내게 1월의 결심은 '결심 예약'에 가깝다. 재작년 1월에도, 작년 1월에도 마음먹었다. 1월에는 정말이지 뭐든지 일단 한번 마음을 먹어보게 된다.

어젯밤에는 시하 누나가 인스타그램에 올려놓은 비빔국수 사진을 보고 한동안 끊었던 야식을 먹었다. 냉동 핫도그 하나였는데, 내년엔 야식을 종종 먹는 사람이 되기로 결심했다. 2주 전엔가는 잠이 많은 성은 누나에게 고백했다. "누나가 제일 행복한 인간이었어." 주말에 늦잠을 자기로 했다. 청소하고 빨래하고 밀린 숙제를 처리하듯 영화를 보고 책을 읽는 대신에 이불 속에서 더 안전한 잠에 빠져 지내리라. 두 손을 불끈 쥐었다. 대략 한 달 전쯤에는 건강검진 결과에 승복하지 못하고 피검사를 다시 한 번 받았다. '고지혈증 이상 소견 없음'이라는 판정이 나오자마자 내년에도 '치맥형' 인간이 되기로 했다. 이쯤 되면 지난해보다 조금 더 마음을 다해 대충 살자는 것이 올해의 큰 그림이 될 것 같다.

더 먹고 더 마시고 더 자는 사람이 되겠다는 결심은 1월에 가능한 결심이다. 2월, 3월에는 모르긴 몰라도 덜 먹고 덜 자고 덜 마시는 인간으로 거듭나고자 결심하게 될 것이다. 그러나 예년에는 12월부터 덜 하고자 결심했더랬다. 이런 추세라면 내년 2월에도 나는 덜 하는 인간이 아니라 더 하는 인간이 되어 살고 있을 테다. 결심을 일삼는 자가 결심하지 않는 자보다 성공적인 자다.

그러나저러나 우리가 하게 되는 새해 결심이란 후회에서 비롯되는 것일까, 기대에서 비롯되는 것일까. 당신은 어떻습니까? 12월 31일과 1월 1일은 단 하루 차이일 뿐인데 어떤 이들은 어떻게 그렇게 금세 태세를 전환하여 끊을 건 끊고 시작할 건 시작하고 정리할 건 정리하는 인간일 수 있는지 궁금하다. 그런 이들에게 결심은 단호한 것일까, 단호해야 하는 것일까.

오늘 새벽에는 꾸역꾸역 쓰던 글을 모조리 지워버리고

언제부터 쓰는 일이 마감 날짜에 맞추는 일이 되었나, 회한에 젖었다. 글을 쓰며 사는 일을 한순간도 불행으로 여긴 적이 없다. 그런데도 생활에 밀려 글이 자꾸 뒷전으로 밀려날 때면 괴로운 심사가 되었다. 생활을 글의 뒷전으로 미루어놓던 때도 있었다. 그때라고 해서 더 바지런히 쓴 것 같지도 않고, 그때에도 난무하는 결심을 쳐내느라 바빴는데도 당시에는 쓰는 일만큼은 뒤로 미루지 않았던 것 같다. '써야 할 때가 언제인지 알고 쓰는 사람이 되자.' 방금 따끈따끈한 결심을 했다. 이런 결심은 덜 하고자 하는 것일까, 더 하고자 하는 것일까. 나에게는 덜 하는 일이지만, '글빚'을 지고 있는 출판사 편집자에게 나의 결심은 더할 나위 없이 본인의 시름을 더는 '너의 결심'일 것이다.

한때는 연례행사였으나, 이제는 친구들과 모여 앉아 새 다이어리를 꾸미지 않게 되었다. 짬을 내어 서로의 미래를 응원하는 일을 음주가무의 도입으로 삼던 때가, 올 들어 가장 쓸데없는 짓처럼 느껴진다는 후기 속에서도 기쁨에 겨워 다이어리 속지를 꾸미던 내 모습이, 계획하는 인간이고자 하루 반나절을 무용無用하게 쓸 줄 알았던 우리가 새삼 그립다. 결심했다. 친구들에게 '다이어리 꾸밈데이'를 부활시켜보자고 말할 작정이다.

봄을 사용하는 사람

어제 내린 비를 무어라고 불러야 할까 고민하다가 봄비라고 마음먹고 나니 거짓말처럼 봄기운이 느껴졌다. 청아한 새소리가 돌연 들렸다. 볕이 맑다 싶어서 겨우내 입고 다니던 점퍼 대신에 카키색 맥코트를 얇은 니트 위에 걸치고 집을 나섰다. 실수였다. 오들오들 떨며 버스를 기다렸다. 주위를 둘러보니 모두 아직 겨울 옷차림들이었다. '아차, 마음이 서둘렀구나.' 봄이 마음에서 먼저 시작됐구나 싶었다. 환절기에는 마음이 앞서 매사 서툴러진다.

봄이면 어김없이 챙기려는 일이 서너 개쯤 있다. 보약 대신 쌍화탕을 지어 먹는 일이나 고속버스를 타고—봄에는 기차보다는 고속버스를 타고 여행하는 일이 옳다. 개인적으론 그렇다. 새벽 버스터미널에서 마주치는 얼굴들이 KTX역에서 마주치는 얼굴보다 느긋한 사연이 있어 보이고 차창에 기대어 졸다 내려서 후루룩 먹거나 알알이 먹는 휴게소 간식은 봄날이 제철이다.—봄 바다를 찾아가는 일, 창덕궁 낙선재의 수양벚꽃과 매화는 3월 22일에서 4월 10일 사이에, 대조전 화계의 앵두꽃은 4월 8일부터 4월 23일 사이에 개화한다는 소식을 찾아 수첩 한쪽에 메모해두는 일은 모두 봄에 몸과 마음을 맞추고 계절을 살아보려는 것이다.

봄의 서막을 여는 일로 오랫동안 내버려둔 물건에 손을 내미는 것도 좋다. 겨울 동안 베란다 한구석에 처박아 두었던 자전거를 꺼내 먼지를 닦고, 바퀴가 물렁물렁해진 자전거를 끌고 자전거포로 가면서 맛보게 되는 상념은 꽤 즐길 만한 것이다. 그 상념은 따뜻하고 쓸쓸하다. 진짜 '쓸쓸의 계절'은 가을이 아니라 봄이다.

한때 나는 자전거를 열심히 탔던 청년이었으므로 이즈음 두는 일이 더 많아진 자전거는 노쇠한 인간의 생활을 그려보게 하고, 사물의 용도가 아니라 사물의 쓸모에 관해 궁금하게 하며, 문득 자전거포를 지키는 주인장에게 눈길을 보내 나이를 추측해보게도 한다. 한자리를 오래 지키며 몸을 부려 살아온 사람의 얼굴 풍경을 세세히 관찰해보는 일. 그것 또한 봄에 시작되는 일이다. 봄에는 한사코 만물이 생기로워지고 싶어 하기 때문이다.

바퀴에 바람을 채우고 안장 위에 궁둥이를 붙이고 페달을 밟으며 동네를 한 바퀴 돌 때면 자연히 듣게 된다. 몸에 봄이 오는 소리를. 삐걱삐걱 한 계절 굳어 있던 몸이 풀어지는 소리를 들으면 몸보다 마음에 먼저 윤활유가 칠해져서 더 오래오래 자전거에 몸을 싣고 어딘가를 향해 가고 또 가게 된다. 그 정처 없음. 봄에는 마땅히 가야 할 곳이 없는데도 자꾸만 몸을 바깥으로 돌리고 틈만 나면 걷고 또 걷게 된다. 걷는 일이 이토록 끝없는 일이었나 하고 확인하는 것도 역시 봄에 해봄 직한 일이다.

한적한 곳에 멈춰 서서 연락이 뜸했던 이에게 문자메시지를 보내 안부를 묻는 일은 또 어떤가. 고요히 고개를 들어 하늘을 한 번 올려다보면 '봄에는 이토록 섣부른 사람이 되어도 좋을 일이다' 두 손으로 얼굴을 감싸 쥐고 마침내 눈물을 흘리게도 된다. 봄에는 한사코 만물이 기쁨 속에 들고자 하기 때문이다.

감정의 찌꺼기들을 깨끗이 치워버리고 싶은 계절, 어김없이 봄이다. 봄에는 일찌감치 마음속 대청소를 하고 싶어진다. 어떤 이는 비질 한 번으로, 어떤 이는 쓸고 닦는 일로도 모자라 마음을 꺼내 세탁한다. 봄볕에 바짝 마른 마음은 산뜻할 테다.

봄에는 부러 혼자가 된 후에 방치해둔 몸과 마음을 쓰다듬고 생각의 바퀴를 굴려볼 일이다. 그런 일은 자연스러운 깨달음을 준다. 아, 그때 마음이 서툴렀구나, 서둘렀구나, 섣불렀구나. 왜 그런가 하니 봄에는 만물이 죽음에 맞설 몸과 마음이 되기 때문이다.

울음을 터뜨린 사람

심야버스

떠오릅니다.

밤늦게 일을 마치고 귀가하는 도중에 느닷없이 울음이 달려들어 어디로 피할 새도 없이 부딪치게 되었습니다. 아무리 풀이해봐도 특별히 괴롭거나 아프거나 슬프거나 기쁘거나 한 사건이 없는데도, 버스가 밤의 다리를 통과하는 그 짧은 순간에 다 큰 사람이 부끄러움도 모르고 크게 울어버렸습니다. 마음에서 벌어지는 일은 참 불가사의하지요. 눈물을 닦고 주위를 둘러보니 버스에는 저 말고 네다섯 명의 승객이 더 있었습니다. 모두 피로에 힘입어 자신에게 몰두하고 있었습니다. 무표정한 얼굴들이었습니다. 저이들에게도 곧 울음이 찾아오리라, 제 편에서 확신하다가 문득 한 사람을 추억하게 되었습니다. 이제는 두번 다시 볼 수 없는, 오래전 헤어진 사람이었습니다. 우리는 왜 한 번도 바다에 가지 못했던 걸까.—그 밤에 바다를 떠올리다니요— 배운 적도 없는데 다 안다고 까불던 때가 있었습니다. 사랑을 앞두고요. 어른의 사랑타령은 철없고 속된 것이지요. 제정신이었더라면 손발에 힘을 주었을 텐데, 그 밤에는 그이에게 전하고픈 말이 있어 수첩을 펼치고 펜을 들게 되었습니다. 짧게 적었습니다.

'그날 밤 저는 희고 맑은 표면을 보았습니다.'

수증기
희미합니다.

이상하게 바라볼수록 존재의 연원을 묻게 되는 것들이 있습니다. 안개와 물빛과 타인의 눈동자 같은 거요. 분명 거기 있으나 거기 없는 것도 같은, 나타났다가 사라지기를 두서없이 반복하는 것들이요. 그런 존재들을 오래 지켜보다 눈이 멀어서 실을 잣고 음악을 짓게 된 사람도 있겠지요.

사무실 책상 위에 전구 모양의 저렴한 중국제 가습기를 놓아두고 사용 중입니다. 물을 담아두고 컴퓨터 USB 포트에 연결하면 물이 다 사라질 때까지 수증기가 뿜어져 나옵니다. 수증기는 기체 상태의 물, 이라고 알고 있습니다. 물이 다 사라질 때까지 물을 바라보고 있는 셈입니다. 점심 먹고 졸음에 겨워 색깔과 냄새도 없는 그걸 하염없이 바라보다가 잠이 든 적도 있습니다. 액체 상태인 물질이 열을 받아서 기체 상태로 바뀌는 것을 기화, 반대로 기체인 수증기가 액체인 물이 되는 것을 응결, 액체상의 물이 기체로 변해서 대기 중으로 빠져나가는 것을 증발이라고 과학

시간에 다 배웠습니다. 그렇게 배워놓고도 왜 잠에서는 모든 게 과학하고는 거리가 멀어지게 되는 걸까요. 꿈에서 흘린 눈물이 현실로 나타나는 것은, 기화일까요? 응결일까요? 증발일까요?

목화
지켜봅니다.

친구에게서 목화를 선물로 받았습니다. 좋은 날 주고받은 것이므로 그것은 기쁨의 원형이 분명할 텐데, 몇 날 며칠 화병에 꽂아놓은 목화송이들을 지켜보고 있자니 갑자기 아련한 물음에 잠겼습니다. 기쁨이 슬픔에게, 슬픔이 기쁨에게 처음으로 건네는 인사는 어떤 말일까요? 안녕하세요, 안녕히 계세요. 기쁨과 슬픔은 가까운 거리에 있는 것이지요.

지척에 생활 속 희비를 나눌 수 있는 친구가 있다는 건 내 삶이 용케도 누추해지지 않았다는 얘기입니다. 그런 이유로 오늘은 '목화'라는 제목으로 시를 한 편 쓰기에 이르렀습니다. 우리나라에서 목화가 재배되기 시작한 역사에 대해서는 다들 잘 아실 겁니다. 공민왕 12년에 문익점이 원나라에 사신으로 갔다가 귀양살이를 하던 중 목화를 알게 되었고, 돌아오는 길에 그 씨 몇 개를 따서 붓두껍에 넣어 가지고 왔다는 이야기요. 그 이야기를 시에 적었습니다. 문익점이나 귀양살이는 나오지 않고, 친구가 아니라 친구의 이름을 불렀습니다. 씨를 덮고 있는 털과 눈에 파묻힌 새싹과 붓두껍에 담긴 씨앗은 참 유기적이지요. 문장은 유기적인 산물입니다.

메시지
괜찮습니다.

우는 사람을 가까이에서 보았습니다. 그 사람은 지난날 자신과 오늘날 자신을 비교하고 그때는 내 안에 있었으나 지금은 내 안에 없는 것을 아쉬워하며 눈물을 흘렸습니다. 순식간이었습니다. 저는 그 사람 손목을 잡고 말해 주었습니다. 누구나 할 수 있는 말을요. 누구나 할 수 있는 말을 누구나 할 수 있을 때 하는 사람도 글을 쓰는 사람이고, 누구나 들을 수 있는 말을 누구나 들을 수 있을 때 들려주는 사람도 글을 쓰는 사람입니다. 그렇지만 누구나 할 수 없는 말을 누구나 할 수 없을 때 하는 사람이 글을 쓰는 사람이고, 누구나 들을 수 없는 말을 누구나 들을 수 없을 때 들려주는 사람이 글을 쓰는 사람입니다. 자기 역시 무슨 영문인지 모를 일이 마음에서 벌어져 슬퍼진 사람에 관해 고민하며 울음 앞에 앉아 있었습니다.

　울음은 나타나는 것일까요, 사라지는 것일까요. 울음의 표면이 맑은 것이라면 울음의 이면을 보기 위해서 글을 쓰는 사람은 그곳에 얼굴을 쑥 들이밀고 두 눈을 크게 떠야 하는 게 아닐까요. 그곳에서 건져 올려 백지에 담은 언어는 씨앗일까요, 수증기일까요. 손목을 잡게 한 울음에게, 한낮에 만나 차를 마시자고, 다시, 메시지를 보냈습니다.

2부
지금 슬픔이 넓은가요

듣는 순간

속병 없는 사람이 있을까.

한 책방에서 열린 문학 행사를 진행했다. 작가와 독자가 만나 대화하는 시간이었는데, 주말이고 비까지 내려서 참여자가 적었다. 책방 한쪽에 십여 명이 채 되지 않는 인원이 모여 앉아 있으니 금세 문학 모임 같은 분위기가 조성됐다. 자연스레 참여자들의 안부를 묻게 되었다. 사춘기 아들, 직장 동료의 스트레스를 걱정하고 정리와 수납의 달인이 되고자 하는 이와 대화가 오가던 중에 한 여성이 나지막한 목소리로 말했다.

"저는 마음의 병이 있습니다."

생전 처음 보는 이들이고 어지간해선 다시 볼 일도 없을 이들이라고 해도 그 사람의 고백은 어리둥절한 것이었다. 그의 얼굴이 어두웠더라면 얘기는 전혀 다른 방향으로 흘러갔겠지만, 말하는 표정이 약간은 천진한 것이어서 작가가 다감하게 대꾸했다. "요즘 마음속에 병 하나쯤은 다 키우잖아요. 저도 병 있어요. 그러니까 병을 너무 병으로 여기지 않으셨으면 해요." 그 말을 가만히 듣고 있던 나 역시 거들고 싶었다. 저도 속병이 있어 몸이 아픕니다.

틀어진 골반 때문에 오른쪽 다리가 당겨 일주일에 한두 번씩 도수치료를 받으러 다닌다. 두 시간 동안 스트레칭과

치료를 병행하는데 갈 때마다 담당 선생님들이 '좀 어떠셨어요?'라고 물어서 매번 우물쭈물한다. 괜찮았어요, 라고 말하기엔 어딘가 괜찮지 않고, 안 괜찮았어요, 라고 말하기엔 뭐 그렇게 괜찮지 않은 것도 아니었다. 몸의 질병 지수를 생각하면 마음의 질병 지수가 걸리고, 마음의 질병 지수를 생각하면 몸의 질병 지수가 걸렸다. 몸과 마음으로 체감하는 희비가 엇갈리는 삶을 살고 있다. 며칠 전만 해도 그렇다. 다리가 가볍고 정신이 맑아 한 살배기 아이를 둔 친구 부부와 집에서 칼국수를 끓여 먹으며 좋은 시간을 보내고 헤어졌는데, 마침 짝꿍이 우리에게는 돈도 없고, 쉼도 없고, 애도 없고, 보람도 없다는 말을 해대는 통에 마음의 다리가 무거워졌다.

공연히 마음에 병을 키우고 있음을 말하는 사람은 어떤 일상에 쫓기고 있는 걸까. 그가 다시 물어왔다. "작가님, 혹시 말을 잘하는 방법이 있을까요?" 그때 알았다. 저이 속병은 말 때문에 생긴 거로구나. 요즘은 말만 잘하는 사람이 많다는 말, 말은 잘하는 것보다 잘 듣는 게 더 중요하다는 말, 말은 자꾸 하면 는다는 말, 끝에 그에게 책을 읽어달라고 부탁했다. 더듬거리면서도 한 번도 틀리지 않고 글을 읽는 이를 보면서 그가 말하는 기술이 부족한 사람이 아니라 꾹꾹 눌러놓은 말이 많은 사람이라는 것을 짐작할 수 있었다. 말의 항아리에 돌을 많이 넣어둔 사람. 그는 누구에게 하고 싶은 말을 못 하고 또 누구에게서 듣고 싶지 않은 말을 들은 걸까. 입이 가벼워서 마음이 가벼운 사람과 마음이 무거워서 입도 무거워진 사람을 그려보았다.

마음에 눌러 담아놓은 말과 마음에 눌러 담지 못하는 말 때문에 병을 얻는 경우가 많다. 그런 건 종종 화병으로 발현해 몸에도 병을 남긴다. 마음속 말 없는 사람이 있을까. 어떤 말은 말의 기술보다는 말의 기능을 살피게 한다. 그이의 낭독이 끝나갈 때쯤 '녹색 창'에 마음의 병을 입력해보았다. '직장인 10명 중 8명 직장상사 때문에 마음의 병 앓고 있어'가 검색됐다. 직장상사가 건네는 말만큼 말의 미숙을 고민하게 하는 것도 또한 없다. 어쩌면 그 역시….

행사가 끝나고 서둘러 자리를 떠나던 그 사람과 책방 앞에서 태극기를 흔들며 "박근혜 대통령님 우리는 반드시 다시 만날 것입니다"라고 외치던 사람들과 25일 만에 8만여 건의 제안이 접수되었다는 '광화문 1번가'를 겹쳐보았다. 말은 과연 온전한 소통의 도구일까. 말하는 자는 있으나 듣는 자가 없는 말과 듣고자 하는 자와 말하고자 하는 자가 만나서 이루게 되는 말의 무게는 어째서 다른지 집으로 돌아오는 내내 말 없이 생각했다.

조금 더 멋진 순간

백선우라고 해요. 오랜 벗 미주가 무사히 아기를 낳아 키우는 중이다. 아기만 무럭무럭 자라고 있는 건 아니고 엄마가 되고 아빠가 된 부부도 밤잠을 설치고 무알콜 맥주의 신세계를 경험하며 최선을 다해 성실한 부모로 자라고 있는 듯 보인다.

여러 가지 이유로 오늘날 이 땅에서 부모가 되는 것은 그리 만만찮은 일이 아니다. 건너서 보고 들어도 아이를 배고, 낳고, 키우는 삶을 선택한 이들치고 있는 힘을 다하지 않는 이들이 없다. '임신 보약'을 챙겨 먹고, '100일의 기적'이 찾아와 쪽잠 생활에서 벗어나길 소망하고, 온갖 고초 속에서도 '육아휴직'을 방어해내기 위해 애쓴다. 임신과 출산과 양육은 정말로 끝도 없는 인내를 요구하는 듯 보인다.

그뿐인가. 그 온 힘을 다해야 하는 일을 시작도 하기 전에 고민하는 이들도 있다. '임신의 때'를 강요받는 부부, 경력을 쌓는 일과 경력이 끊어지는 일 때문에 고민하는 동료, 난임을 벗어나기 위해 같은 산부인과를 다니며 다시한 번 '동기'가 된 대학 후배들도 있다. 후배들은 서로에게 든든한 힘이 되어주고 있는 모양이나 그 힘참이 어디 힘차기만 한 힘참일까.

무사히 출산하고도 잠시 산후우울증에 시달리던 한 친구는 "아기가 좋지만 싫기도 해"라는, 조금 이상한 말을 이상히 여기지 않고 들어줄 사람을 필요로 했다. "이런 말을 하면 엄마 될 자격도 없다고 생각하겠지?" 친구와 대낮에 맥주 딱 한 병을 나눠 마시며 주고받았던 그 말들을 통해 나는 임신과 출산이 두 사람이 이룩하는 일임과 동시에 한 개인에게 벌어지는 일이기도 하다는 것을 새삼 깨닫게 되었다. 강력한 모성 신화를 바탕으로 정상가족 이데올로기가 구획해놓은 틀 안에서 임신과 출산과 양육은 끔찍한 사고에 가까워지기도 한다.

임신과 출산과 양육을 결심하고 실행하기까지 수많은 고심의 경로를 거쳐야 함은 당연하다. 당연하다고 받아들여진다. 씨앗보다 작았던 한 생명체를 웅대한 사람으로 키우기까지 두 사람은 신체적으로, 신념적으로, 감정적으로, 이성적으로, 사회문화적으로, 정치적으로 죽을힘을 다한다. 그러나 바로 그러한 이유로 그 과정으로 진입하기 전에 임신과 출산을 포기하는 것이 아니라 선택적으로 그만두는 사람들이 있다는 것은, 있어야 함은 역시 당연한 일이다. 임신과 출산은 책임을 다하는 일이지 의무를 다하는 일이 아니다. 더군다나 아내, 동거녀, 여자 친구로서가 아니라 독립적인 자아로서 자신의 몸에서 발생한 일을 사유하고 책임질 행위는 오롯이 그 한 사람으로부터 시작되어야 한다. 어떤 이들은 낙태를 결정하는 이들의 사악함을 부러 만들어낸다. 낳기까지 괴로움이 있다면, 낳지 않기까지 괴로움 역시 있다. 웃는 얼굴로 낙태하는 여성이라는 이미지는 필요에 의해 가공된 환상에 불과하다. 낙태라는 결과에 이르기까지 있는 힘을 다해 자신의 선택을 책임지려는 한 개인을 백지상태로 만들어버리는 이야기는 이편에서가 아니라 저편에서 완성해내는 서사다.

이제 점점 밤잠이 많아지는 자식을 둔 미주와 청운 부부의 앞날에 심심한 위로를 보내고 싶다. 결혼과 임신과 출산이라는 코스를 당연히 여기는 이들에게 둘러싸여 고군분투하는 동료와 육아휴직을 쓰고 복직한 이후에 괜한 눈치를 보는 이, 오랜 세월 자식이 없는 삶을 꾸리(려)는 지금, 당신에게 힘을 보낸다. 자신의 몸은 '출산의 도구'가 아니라고 주장하는 이들에게 'me too'라고 외쳐주고 싶다. 백선우가 자라는 세상이 '여성의 몸이 법적으로도 온전히 여성 자신의 것이 될 수 있는 세상'이라면 선우는 우리보다는 조금 더 멋진 세상에 사는 것일 테다.

(2019년 4월 11일, 헌법재판소는 낙태를 처벌하는 현행 법 조항이 헌법에 불합치하다는 결정을 내렸다.)

거리를 두는 순간

그날 밤 따귀를 맞았다. 20년 전 일이다. 여자 사람 친구들과 교실에서 시험공부를 하던 도중에 갑자기 들이닥친 정치경제 선생이 느닷없이 따귀를 때렸다. 선생은 술에 취해 있었고, 선생 입장에서 나는 남자 고등학교 교실에 여자 고등학교 학생들을 데리고 와 하라는 공부는 안 하고 연애질을 하는 데 여념이 없던 놈이었다. (그러나 설령 그랬다고 한들) 기골이 장대한 선생에게 맞고 나뒹굴면서도 나는 도무지 잘못한 바를 알 수 없어서 울음을 터뜨릴 수 없었다. 참았던 울음이 쏟아져 나온 건 교문 밖에서 가방을 들고 기다리던 친구들을 마주했을 때였다. 나와 친구들은 학교에서 멀어져가며 점점 알 수 없는 서먹한 기운에 휩싸였다. 이후로 우리는 두 번 다시 함께 앉아 공부하지 않았다. 나는 맞은 자로서 어떤 말보다 행동이 빨랐던 선생의 얼굴을 지금도 또렷하게 기억한다. 그때 그를 그토록 불쾌하게 만든 건 정말 나와 여자 사람 친구들 간의 현실적인 거리였던 걸까.

열한 번째 여성인권영화제를 준비하면서 이정곤 감독의 〈윤리거리규칙〉이라는 단편영화를 알게 되었다. '50센티미터 윤리거리규칙'이라는 남녀 학생 간 신체 접촉 금지에 관한 교칙을 소재로 한 영화였다. 실제로 아직도 전국의 수많은 고등학교에서 이성·동성 교제를 학칙으로 금지하고 있으며, 이를 어길 경우 벌을 받는다. 때로는 현실이 영화보다 더 극적이다. 40보다 먼 60보다는 가까운 접촉의 거리를 상상하고 이를 학칙으로 강제한 이들이 머릿속에 그린 그림은 어떤 것이었을까. 면학 분위기 조성을 위해 학생 간 교제를 '통제해야 할 어떤 것'으로 간주하는 건 예나 지금이나 참 간편한 일이다.

학창시절 '면학 분위기 조성'이라는 말을 수도 없이 들었다. 돌이켜보면 그 말을 들으며 내가 보고 듣고 겪은 일 중 상당수는 면학 분위기보다는 반인권적인 분위기를 조성하는 데 기여하는 것들이었다. 학교는 신성한 학습의 장이라는 선생들과 학교는 하루 대부분을 보내는 속된 생활의 장이라는 학생들은 과연 몇 센티미터나 떨어져 있는 것인지. 느닷없이 따귀를 때리던 학교라는 시스템은 이제 사라졌을 테지만 술 취한 오십 대 남자 선생을 그토록 폭력적으로 만든 게 그 자신이 상상한 남학생과 여학생 간의 음란한 거리였음을 상기해보면 다음과 같은 소식은 여전히 유의미한 질문을 던져준다.

한 고등학생이 청소년들만을 위한 콘돔 자판기를 설치한 섹슈얼 헬스케어 업체 '이브EVE'와 함께 일부 콘돔을 청소년 유해물건으로 지정하는 이른바 '쾌락통제법' 폐지를 위한 헌

법소원을 제출했다. (청소년이) 성관계를 할 때 피임할 것인지, 한다면 어떤 방법으로 할 것인지를 결정하는 것 역시 성적자기결정권에 해당한다는 것. 청소년들은 피임할 수 없는 존재인지, 청소년들은 쾌락을 경험할 수 없는지, 쾌락과 음란은 어떻게 다른 것인지 등등의 문제를 '여자는 무드에 약하고 남자는 누드에 약하다', '성폭력 발생을 방지하기 위해 이성친구와 단둘이 집에 있는 상황을 만들지 않는다'라고 가르치는 지금의 성교육표준안으로 과연 고민할 수 있을까. 임신한 여자 선생을 '콘돔 없이 하는 섹스' 판타지의 대상으로 삼는 학생과 또래 애인과의 성적 만족을 위해 요철 콘돔을 사용한 학생 중에 현실적으로 음란한 사람은 누구일까. 여성 교원들이 학교에서 겪는 젠더 폭력에 관해 실제보다 더 크게 부풀린다느니 영웅 심리에 의한 학생들의 장난일 뿐이라느니 하고 퉁치는 건 왜 지금, 가능한 표준일까.

20년 전 나는 상상할 수 없었으나, 남녀 학생 간 신체 접촉 금지 교칙을 바꾸기 위해 보란 듯이 50센티미터 자를 들고 다니며 거리 유지 규칙을 희화화하고, 앞다투어 동성 간 교제를 지지하며, 선생들 간 윤리거리규칙을 촉구하기에 이르는 학생들의 대환장 시나리오를 보고 싶다. 극적으로도, 현실적으로도 청소년들이 미래의 표준이기 때문이다.

사람을 점검하는 순간

제주 제2공항을 반대하는 사람들의 모임(천막촌)으로부터 연락을 받았다. 제주도청이 수백 명의 공무원을 동원해 농성자들을 기습 진압한 지 대략 일주일 만의 일이었다. 메일을 보내온 이는 행정대집행 이후 여러 단체에서 다시금 천막과 텐트를 치고 도청 현관 앞에서 농성을 이어가고 있다는 근황을 전하며, 그곳에서 낭독회를 진행할 수 있는지를 물어왔다. 조금 더 다양한 사람들이 제2공항 문제에 관해 관심을 가질 수 있도록 문화 행사를 기획한 듯 보였다. 그는 (당연하게도) 이번 농성이 지난한 싸움이 될 것이라고 예상하며, 그런데도 천막촌은 해학적으로, 즐겁게 싸우기로 했다는 계획을 덧붙여 들려주었다.

여러모로 난감했다. 내가 제주 제2공항 건설에 대해 알고 있는 바가 많지 않아서였고, 제안해준 날짜에 이미 다른 일정이 잡혀 있어서였다. 고심 끝에 정중히 거절의 메일을 보내며 일단은 마음을 먼저 보태겠노라고 전했다. 제주도청 앞 천막촌에서 농성을 벌이고 있는 한 여성 활동가의 글을 찾아 읽었다.

"20일째 아침에 쓴다. 여기는 제주도청 앞 천막촌이다."라는 문장으로 시작해 "여전히 (제주도청 앞) 그 계단에 사람들이 앉아 있다."고 끝나는 글은 자연히 지난해 인구 60

만 명의 제주도에 1600만 명의 관광객이 몰려왔다는 사실과 작년 제주도 해변에서 수거된 해양쓰레기의 양이 8톤 트럭 약 1800대분에 이르며, BBC방송에서 너무 많은 관광객으로 씨름하는 세계 관광지 다섯 곳 중 하나로 제주도를 꼽았다는 사실을 연이어 알려주었다. 제2공항이 생길 경우 제주 관광객이 지금보다 두세 배는 더 늘어날 것이며 과잉 관광과 무리한 토건 사업으로 인해 환경오염이 급격히 진행될 거라는 예상은 누구도 잘못된 예측이라 말하기 어려운 것이었다.

무엇보다 그 글에서 가장 인상적이었던 부분은 "그렇게 팔다리가 들려 누군가는 치마가 올라가고, 겹쳐 입은 옷 네 겹이 다 벗겨지고, 떨어져 머리 다친 채로 내동댕이쳐졌다."라며 강제 진압 상황을 담담히 서술한 부분이었다. 공권력과 자본이 여성을, 청년을, 사람을 짐짝처럼 무심히 내동댕이치는 모습은 새삼 상징적이었다.

도로 확장을 위해 나무를 베어낸 비자림로에 걸려 있는 펄침막들의 문구 역시 뇌리에 남는다. 하나는 "도로 확장은 지역 발전. 사람이 먼저다"이고 나머지 하나는 "살려주세요"이다. 후자는 나무의 목소리로 인간의 만행을 고발하는 것일 테고, 전자는 사람의 목소리로 인간의 욕망을 대변하는 것일 텐데 둘 다 인간과 자본과 문명의 재앙을 숙고하게 한다는 측면에서는 같은 주장을 하는 듯 보였다. 사람이 먼저다, 라는 말에 이토록 강한 의구심을 가져본 것이 언제인지 모르겠다. 제주도청은 이미 행정대집행 전날 계단에 앉은 사람들을 고소했다.

천막촌은 이제 입주자 회의를 하는 마을이 되었다는 소식을 접했다. 언제나처럼 여성과 청년과 토박이 주민이 그곳에 자리를 폈을 것이다. 천막과 텐트로 이루어진 마을(현장)에서 그들은 사람이 먼저다, 라는 말을 자꾸만 회의하는 가운데 사람 역시 자연의 일부라는 불변의 진리를 알리는 싸움을 계속해나갈 것이다. 지금, 거기에 사람을 점검하는 목소리가 울려 퍼지는 상상을 해본다. 일단은.

직면하는 순간

누구나 들어야 할 말이 많은 한 주였다. '안경 선배'의 '영미!'라는 외침에 잠시 감격을 맛보기도 했으나 강원도가 스키장을 세우기 위해 밀고 파헤친 가리왕산 복원 계획을 제출했다가 내용이 부실해 퇴짜를 맞았다는 소식을 접하며 씁쓸한 기분이 되었다. 무엇보다 자고 일어나면 터져 나오는 성폭력 사건은 너무 끔찍해서 한동안 할 말이 없어지게 했다. 누구나 해야 할 말을 고심해야 하는 한 주였다. 격동하는 감정을 이기지 못해 몸도 마음도 들썩이는 가운데 주체적으로 말하기를 시작한(이어가는) 성폭력 피해 생존자들의 용기와 그들과 기꺼이 한목소리가 되고자 하는 이들을 목격하면서 나 역시 반성과 다짐을 거듭했다. 내일은 담대하게 하소서, 라는 문장을 외고 다녔다.

지난해 봄, 문단 내 성폭력 해시태그 증언과 연대가 한창이던 때에 '자수하세요'라는 제목의 글을 썼다. 나는 그 글에서 원로 시인 아무개가 대낮의 강연장에서 행사 관계자인 한 여성에게 술시중을 들게 하던 모습을 밝혀 적으며, 많은 이들이 그런 짓을 원로 작가의 위트라고 여기지 않을 때까지 운동이 이어지길 바란다고 덧붙였다. 피해 고발은 운동의 과정이지 결과가 아니다. 증언은 연결되고 연결된 증언은 흐름을 만들어내며 그 흐름이 새로운 물길을 이룬다는 건 지극히 상식적인 이야기. 그리고 1년이 지났다…. 이즈음 문화예술계를 넘어 교육계, 종교계, 의료계, 언론계 등등에서 연일 계속되는 '미투·위드유'는 한 가지 명확한 사실을 보여준다. 그것이 지금, 여기를 감각하는 가장 중요한 흐름이 되고 있다는 것이다.

'미투 운동'에 관해 묻는 한 인터뷰에서 이런 질문을 맞닥뜨렸다. '일부 젊은 남성 작가들의 줄서기 문화에 대해서 어떻게 생각하십니까.' 그 물음을 접하자마자 언젠가 한 사람에게 들었던 얘기가 떠올랐다. 소설가이자 교수인 남성 A씨가 술자리에서 남성 제자들에게 전수해준 노하우. '만지고 싶은 여자가 있으면 모든 여자를 만져라.'

권력을 가진 남자 선생, 선배의 술자리 흥을 돋우기 위해 부러 반반한 여성을 데려다가 앉히는 일은 비단 문학 장에서만 벌어지는 일은 아니다. 여성을 술자리 '도우미' 정도로 취급하는 문화나 분위기 속에서 어떤 사달이 벌어지고 있는지를 이즈음 우리는 끝없이 목격하고 있잖은가. 특정한 집단이나 특정한 관계에 한정할 수 없는 이 곤란한 현실은 이른바 '강간문화'라고 하는 것이 어떻게 자연스럽게 전파되고 유지되는지를, 장난삼아, 격려하듯, 좋은 게 좋은 거라고, 쿨하게 이어지는 성폭력이 어떤 '학습된 망상'에서 연유하는 것인지를 다시금 돌아보게 한다. 젊은 남성이 자신보다 '계급'이 높은 늙은 남성에게 '복종'하고 자신보다 계급이 낮은 이들을 '제물'처럼 바치는 과정들은 가정에서(가부장제), 학교에서(반여성주의), 군대에서(군사주의) 단계적으로, 반복적으로 학습된 결과의 다름 아니다. 그런 의미에서 자신이 겪은 바를 이야기하며 성차별적인 학교 문화를 문제시하고, 페미니즘 교육 의무화를 외치는 여성들의 목소리는 오늘날 가장 시급하게 귀담아들어야만 하는 것이다.

한국여성단체연합 일곱 개 지부 스물여덟 개 회원 단체 주최로 열린 '#MeToo 운동 긴급 광장을 열다'의 구호는 "우리는 아직도 외친다. 이게 나라냐!"였다. 성폭력 피해 경험 말하기는 지속되어왔고, 성폭력 사건은 끊임없이 발생했다. 이 엄연한 사실은 무엇을 의미하는 걸까. 성폭력 피해 경험을 말한 여성들이 사회적으로 고립되지 않도록 지지하며 우리가 직면해야 할 지점들은 예상보다 더 많고 넓고 깊은 것인지도 모른다. 그 수많은 직면을 통해 우리는 우리 안에 내재해 있는 더 많은 가능성과 마주 앉아 대화를 이어가게 될 것이다.

내쫓기는 순간

동료와 포은로에서 점심을 먹고 산책하다가 호젓한 카페 앞에 잠시 멈춰 섰다. 여백이 많은 공간 안으로 낮볕이 들고, 나무 테이블 몇 개와 잎이 넓고 줄기가 긴 식물이 심어진 화분들이 보였다. 카페 통유리 창을 가린 직물 커튼은 초록과 잘 어우러졌다. 그 습습한 풍광을 두루 담은 '호시절'이라는 카페 이름이 마음에 들어서 언젠가 시의 이름으로 삼아야지 마음먹었다.

단어 앞에서 서성이다 보면 홀연히 낯선 문장이 찾아오고, 그 낯선 문장에서 다시 멀고도 가까운 이야기가 발생한다. 이를테면 이런 것이다. 식물 때문에 호시절을 보낸 어머니가 있고, 동물 때문에 호시절을 맞은 아버지가 있으며 그 둘을 먼 곳에 두고 그리워하는 자식들의 호시절이 있다. 이상하지만 어떤 시의 호시절은 시가 되지 않았을 때이기도 하다.

문득 같은 사무실에서 하루 대부분을 함께 보내는 동료의 호시절이 궁금해졌고 '이렇게 손님이 없어서 세는 어떻게 내고 사나.' 카페 호시절의 안전이 염려됐다. 포은로는 '망리단길'의 본래 이름이다. 요즘 그 길에서 모든 공간은 호시절이고, 호시절이 아니다.

마포구 포은로를 찾는 사람이 많아지면서 그 일대 공

간 임대료가 부쩍 올랐다는 소식, 홍대나 이태원처럼 '젠트리피케이션' 조짐이 나타나고 있다는 소식은 이제 더는 새롭지 않았다. 그러나 집세가 너무 올라 오랜 망원동 생활을 접을 예정이라는 친구의 말은 새삼 놀랄 만한 것이었다. 그 말이 곧 내가 사는 동네도 안전하지 않다는 것처럼 들렸기 때문이다. 서울에선 최소한의 공간적 호사를 누리기도 쉽지 않다. 노원구에 사는 한 친구에게 그곳이 아파트값 상승률 1위 동네더라 하고 말을 전하자 이런 대답이 돌아왔다. "올라봤자 이 돈으로 다른 동네 못 가는 게 함정." 억 단위의 빚을 지고 아파트 한 채를 마련한 이가 그 큰돈으로도 갈 수 없는 동네가 있다는 건 어떤 시절의 증표일까. 쫓기듯 이사하며 사는 가운데도 내 집 마련을 꿈꾸며 버티던 때도 있었다. 그러나 이제 내쫓기듯 사는 많은 이들에게 삶의 호시절을 보장하는 꿈은 건물주가 되는 것뿐이다.

이즈음 '내쫓기다'라는 단어 앞에서 쓰고, 엮고자 마음먹은 이들이 있었다. 출판사 유음이다. 유음과 함께 지난 금요일, 신촌 '공씨책방'에서 '현장잡지 프로젝트'를 진행했다. (지면이 아니라) 현장에서, 작은 선풍기 서너 개가 고작인 푹푹 찌는 지하실에서, 헌책들로 둘러싸인 공간에서 30여 명의 사람들이 새로운 시와 산문과 소설을 읽고 끝까지 들었다. 그렇게 현장에서 한 문학의 동시다발적인 첫 독자가 되어서 어떤 공간에 마지막까지 머무는 자가 되는 일이 문학적이고 정치적이며 개인적이고 공적인 것이라는 걸 깨쳤다. 그때 작가(나)와 독자(우리)는 자본의 침탈에 저항하는 공간에 포함되어 헌책은 호시절이 지난 책일까, 그런 책들을 모아 파는 책방은 헌 공간이기만 한 걸까. 두루 질문할 수 있었다. 한 시절 우리가 자주 머물렀던 공간은 다 어디로 감쪽같이 사라지게 된 건지, 그 이유를 의논해볼 수 있었다. 나는 그곳에서, 마포구 포은로에서 서대문구 신촌로까지 걷는 기분으로 「호시절」이라는 시를 읽었다.

'공씨책방'은 회기동 경희대 앞에서 시작해 청계천과 광화문을 거쳐 신촌에서만 25년을 머문, 개업 기간이 40여 년이나 된 '1세대 헌책방'이다. 학창시절 내가 자주 가던 책방은 '중앙서점'이었다. 주인 눈치를 보며 서점 한구석에 앉아 낮볕 속에서 책을 읽는 일은 호사였다. 지금도 그곳은 거기 있다. 아직 거기 현재하는 것만으로도 호시절인 공간이 있다. 그 공간이 오래된 책방이거나 작은 동네 다방이라는 건 두말할 나위 없이 다행스러운 일이다.

함께 기억하는 순간

제주 '무명서점'에서 '304낭독회'가 진행됐다. 쉰여섯, 쉰일곱 번째였다. 2014년 9월에 시작한 304낭독회는 세월호에서 돌아오지 못한 304명을 기억하기 위해 작가와 시민이 함께 만들어가는 낭독회다. 매월 마지막 주 토요일, 주로 서울 곳곳에서 열리던 낭독회는 올해 들어 본격적으로 서울 이외 지역으로 움직이고 있다. 지난 1월에는 인천으로 갔고, 4월을 맞아 제주를 찾았다. '세월호'와 '제주'라는 이름을 포개어놓는 데 5년이라는 시간이 걸렸다.

304명의 사람이 닿아야 했던 곳, 닿을 수 없었던 곳에서 열린 낭독회는 여느 때보다 더 무겁고 조용하게 시작됐다. 누군가와 여전히 함께 산다는 것, 기억이라는 행위에 모든 이가 몰입했다. 너무 큰 비극 앞에서 우리는 슬픔의 묵비권을 행사하기도 하는 법. 사회를 맡은 양경언 평론가가 여는 말을 시작하자 누군가, 지금 여기 없는, 보이지 않는 이들이 한목소리를 내는 듯한 기분에 휩싸였다. 제주에 닿지 못한 이들을 대신해 이곳에 와 있다는 사실을 삶으로, 애도로, 책임으로, 진실로 받아들인 사람들은 여러 갈래로 마음을 쓰고 있었다.

제주에서 주로 활동 중인 김신숙 시인은 '4.3사건'을 언급하며 '잊힌 여성들'에 관해 이야기했다. 4.3의 진상이 규

명되는 와중에도 여성 피해자들의 서사는 자주 투명해진다고 전하며 그는 "고개를 들어 달을 보아라 갸름한 여자들이 끌려가/ 다시는 돌아오지 않았다는 토산에서는"이라고 시작되는 「유미」라는 시를 읽었다. 4.3과 세월호를 국가가 자행한 폭력으로 연결하며 '여성의 이름'에 담긴 의미를 다시금 환기했다.

수산리에 터를 잡고 있는 허은실 시인은 4.3을 추념하는 전시에서 보았던 '김순금(1917년생 제주 서귀포시 남제주군 성산면 수산리)'이라는 이름을 세월호 희생자 명단에서 다시 발견하곤 그 '우연의 일치'를 역사적인, 우주적인 차원에서 살핀 글을 낭독했다. "기억이란 행동성과 능동성을 요구하는 행위"이며 "희생된 이름으로써 역사는 추상적인 과거가 아니라 실제적인 사건이 된다"라고 깨친 바를 들려주었다.

강정에 사는 한 시민의 낭독도 인상적이었다. 그는 세월호에 강정 해군기지 건설에 사용될 철근이 과적되어 실려 있었다는 데에 분노하던 '성호 어머니'를 떠올리며 그가 아들 성호에게 보낸 편지(『그리운 너에게』[후마니타스, 2018])를 읽었다. "민중들의 울분과 분노는 가실 날이 없단다. (…) 깨어 있는 시민의 힘으로 (…) 세월호 진실도 밝혀내게 될 거야."라고 말하는 이는 더는 누군가의 엄마가 아니라 '정혜숙'이라는 이름을 가진 주체였다.

근래 들어 "잊지 않겠다고 말하는 나"에 관해 자주 생각해 보게 되었다는 가수 요조는 사회적 약자·소수자와 연대하는 게 기억하는 일인 것 같다며 "싫은 사람이 얼마나 싫은지 이렇게 저의 노래로 부릅니다"라고 싫어할 권리를 노래했다. 얼굴 속 주름이 아니라 주름 속 얼굴을, 하얀 머리칼이 아니라 머릿속 하얀 것을.

그날 '이름 없는' 책방에서 해야 할 말과 하지 못했던 말을 나누고, 여성의 목소리에 귀 기울이며 많은 이가 자신의 이름을 잠시 놓아둔 채 하나의 이름으로 서로를 불러주었다. 가닿았다. 연결되었다. 사람이었다.

304낭독회는 '사람의 말'을 나누고 싶은 분이라면 누구든 낭독자로 함께할 수 있다. 이때 사람의 말은 무엇보다 여성의 말이기도 함을 부러 밝혀 적는다.

믿음을 저버리는 순간

한 마을 도서관에서 특강을 했다. '부모와 아이를 위한 글쓰기'가 주제였는데, 가정과 학교에서 페미니즘 교육이 왜 필요한지를 '간증하는' 자리가 되었다.

초등학생 시절 여자아이들과 어울려 고무줄놀이를 하고 심지어 그것에 능통하다는 이유로 나는 놀림을 당했다. 그때부터 시작된 '여자 같다'라는 이상한 놀림은 중학교, 고등학교까지 대략 10여 년 동안 이어졌다. 그 놀리는 말은 여장남자, 성전환자로 바뀌었다가 '미스 김'으로 정착됐다. 폭력의 수위도 높아졌음은 물론이다.

중학교 1학년 때, 처음으로 동급생에게 뺨을 맞았던 일이 잊히지 않는다. 열네 살 소년이 하굣길에 열네 살 소년을 한적한 곳으로 몰고 가서 그토록 세게 뺨을 때린 이유는 여자처럼 여자애들과 어울려 논다는 이유에서였다. 내가 중학교에 입학해 처음으로 친구로 사귀어 어울려 지내고 싶던 그 소년은 내게 남자처럼 굴라고 경고했다. 그와 나는 영영 친구가 되지 못했다. 성인이 되어 건너 들은 말에 의하면 그는 그때 일은 까맣게 잊고 나를 '잘 웃던' 동창쯤으로 기억하고 있었다. 나는 그때 그 폭행으로 말미암아 어울려 지내던 여자아이들과 점차로 멀어졌다. 그때 그 가해에는 어떤 교정의 힘이 있었던 걸까.

고등학교 교련 수업에서는 담당 선생으로부터 '남자훈련'을 받았다. 그 많은 남성 청소년 중에서 교련이 꼭 필요한 이가 바로 '2반 미스 김'인 나였다. 그는 웃는 낯으로 수업마다 빈번히 나를 지목해 남자답게 '기준'을 외치라고 하거나, 부러 구령대에 세워 좌향좌, 우향우 같은 제식 구령을 하게 했다. 내가 '계집애처럼 굴어서' 웃음거리가 되는 와중에도 그는 "고추 떼라, 인마."라고 말했다. 그때 그 선생은 나를 정말로 남자로 재탄생시키기 위해 혈안이 되어 있었거나, 지독한 사디스트였을 것이다. 이유야 어찌 됐든 나는 선생의 명령에 따라 집에 혼자 있을 때면 부끄럽게도 남자답게 명령하는 법을 연습했다. 그때 그 훈련에는 어떤 교정의 힘이 있었던 걸까.

가정폭력 피해여성을 지원하는 여성단체 초대로 '페미니스트 작가로서의 삶'에 관해 이야기하는 자리에 다녀왔다. "학창시절 제 일기장 가득 무슨 말이 적혀 있었을까요?"라고 묻자 앞줄에서 경청 중이던 한 여성이 "씨발이요."라고 답했다. 정답이었다. 잠시 뒤 그이는 눈물을 뚝뚝 떨구었다. 묻지 않아도, 말하지 않아도 알 수 있었다. 그는 가정폭력 피해생존자였다. 아내의 외도를 의심해 구타하고, 정화를 위해 자신의 소변을 마시게 하고, 교정을 위해 강간하는 가정폭력

남편(들)에겐 어떤 교정의 힘이 있는 걸까.

"남자 경험을 알려준다"며 성소수자인 부하 군인을 지속해서 추행, 강간한 남성과 해당 군인의 피해 사실을 알고도 위로해주겠다며 불러 성폭행한 남성, 해군 간부, 그들에 대한 징역 선고를 '무죄'로 뒤집은 고등군사법원의 판결을 보면서 교정과 정화를 믿는 '가해의 카르텔'을 떠올렸다. 그들은 피해자들의 믿음을 짓밟았다. 성소수자라는 이유로, 여성이라는 이유로, 아내라는 이유로 죽도록 얻어맞고 죽음을 결심하는 피해자들 앞에서도 '가해자의 사정'을 염려하는 공권력의 믿음 속엔 과연, 위력이 존재하지 않는 걸까. 믿음의 위력이 실은 가해자의 위력이다. 가부장제와 남성중심주의와 군사주의와 이성애자중심주의라는 믿음은 이미 위력적이다.

할 말을 하는 순간

제주도에서 '제1회 제주퀴어문화축제'가 개최됐다. 같은 날, 광화문과 여의도에서는 박근혜 전 대통령 퇴진 요구 촛불집회 1주년을 맞아 집회가 열렸다. 그날 나는 한 낭독회에 참여해 글을 읽고, 문단 내 성폭력 공론화 이전과 이후에 관하여 많은 이들과 대화를 나눴다.

그 자리에서 들었으나 그 자리에서만 들어서는 안 되는 말이 있다.

제주시는 혐오민원을 이유로 제주퀴어문화축제 행사 개최 장소 사용에 대한 승낙을 철회했다. 퀴어문화축제가 개최될 경우 제주의 미풍양속을 해치는 등 공공복리에 문제가 생길 것으로 판단했기 때문이라고 했다. 그보다 앞서 동대문구청도 동대문구 체육관에서 열릴 예정이던 '퀴어여성 생활체육대회' 장소 대관을 일방적으로 취소해버렸다. 역시 성소수자 혐오민원과 미풍양속 저해가 이유였다. 공공기관에서 성소수자 단체의 시설 대관 신청을 미풍양속을 이유로 거부하거나 취소한 사례는 과거에도 많았다. 이쯤 되면 '미풍양속'이라는 말이 가진 '괴랄한' 효력을 생각해보지 않을 수 없다.

문예창작을 배우거나 이미 하고 있는 이들이 주축이 된 낭독회에선 들었다. 문단 내 성폭력 공론화 이후에도 대학에서 문학을 가르친다는 이들이 학생들에게 "네 소설은 섹슈얼하지가 않아. 남자를 알아야 해." "시 쓰는 건 남자와 여자가 연애하는 거랑 비슷하다." "야, 이년들아… 문제 제기할 거면 해봐, 내가 눈 하나 깜짝할 것 같으냐." 같은 말을 아무 거리낌 없이 내뱉고 있다는 '증언'이었다.

낭독회에 참여한 한 사람은 "문단은 실재하는 조직이 아니라고 하는데, 왜 문인 한 명, 한 명은 문단을 대표하는 것처럼 말하고 다니느냐."며 그동안 자신이 선생들에게 들어야만 했던, 문학을 빌미로 한 회유와 협박의 말들을 들려주었다. 문단 내 성폭력 공론화 이후, 가해자들이 무고와 명예훼손으로 피해자들의 입을 막고 있는 시점에서 해결책은 뒷담화뿐일지도 모른다는 농담 반, 진담 반이 섞인 말도 오갔다. 아마도 누군가에게 그때 그 자리는 '문단의 미풍양속'을 저해하는 '말 많은' 자리일 것이다.

촛불집회 1주년을 맞아 촛불 정신은 계속돼야 한다는 외침을 듣는다. 나는 촛불로 얻어낸 찬란한 성과가 자랑스럽다. 그러나 환하게 빛나던 광장에서 모든 이가 평등하고, 모든 이가 혐오의 대상이 되지 않았던 건 아니다. 많은 여성들이 촛불을 든 채로 폭력에 시달렸고, 성소수자들은 조롱당했으며, 신체 장애인들은 움직일 때마다 ─움직임조차─ 차별받았다. 정권이 바뀐 이후에도 차별금지법 제정 등 소수자 인권 보장을 위한 현안은 여전히 해결되지 않고 있고, 성소수자 인권을 소재로 삼은 정치권과 언론의 혐오 선동은 더 극악해지고 있다.

그러나 무엇보다 그 자리에서 말해졌으나 그 자리에서만 말해져서는 안 되는 말도 있다.

"저는 여러분과 다르지 않다. 그 일은 사회 어디에서나, 어느 나라에서나 일어날 수 있는 일이다. 이제는 판을 바꿀 때다. 주홍글씨는 우리에게 찍을 게 아니라 그들, 할리우드 96퍼센트를 차지하는 남자 감독들을 포함한 남성들에게 찍혀야 한다. 이제 우리가 싸울 때다."

1997년 할리우드 영화제작자 하비 웨인스타인에게 강간당한 뒤 비밀 유지 조건으로 합의하고 침묵해야 했던 배우 로즈 맥고완은 이렇게 말하며 손을 번쩍 들어 올렸다.

제주퀴어문화축제는 투쟁 끝에 개최되었다. 퀴어여성 생활체육대회는 색다른 싸움movement으로 전개되었다. 문단 내 성폭력, 위계폭력 피해자들은 가해자에게 협박당하며 여전히 싸우고 있고, 영화계·연극계·무용계에서 차별과 폭력을 경험한 이들의 증언도 이어지고 있다. H사 성폭력 피해 여성들은 말하기를 통해 생존싸움을 시작했다. 그들에게 힘입어

사내 성폭력에 관한 증언들이 SNS에 속속 올라오고 있다. 마치 손을 번쩍 들어 올리듯이.

오랫동안 하지 못했던, 해서는 안 된다고 강요받았던, 할 수 없다고 억압당했던 말들을 스스로 말하기 시작한 이들의 모습을 동시다발적으로 경험하면서 나는 새삼 한 가정폭력 피해생존 여성의 목소리를 떠올랐다. 30여 년 동안 남편의 폭력을 견딘 끝에 이혼과 자립이라는 투쟁을 시작한 그는 자신이 가진 가장 강력한 무기에 대해 이렇게 말했다. "저는 그동안 겪은 일을 말할 수 있어요."

무엇보다 그 자리에서 시작됐으나 그 자리에서만 끝나서는 안 되는 일이 있다.

라디오를 켜는 순간

라디오를 자주 듣는다. 출퇴근하며 듣고 청소하고 빨래하고 설거지하며도 듣는다. 그때 라디오는 시계 대신 시간을 알려주기도 하고 지금 가야 할 길과 가지 말아야 할 길을 귀띔해주기도 하며 점심으로 짜장면을 먹을지 짬뽕을 먹을지 아무래도 모르겠는 이들을 위해 '몇 대 몇' 여론조사를 해주기도 한다.

하지만 뭐니 뭐니 해도 라디오의 재미는 사연 듣는 재미다. 다른 사람들은 지금 어찌 사는가, 잠시 하던 일을 내려놓고 귀를 기울이면 서성이게 되고 흔들리게 된다. 사연 뒤에 맞춤한 신청곡이라도 흘러나오면 점입가경. 첫사랑을 우연히 마주쳤는데 변한 게 하나도 없더라는 사연 뒤에 델리스파이스의 〈고백〉 같은 노래가 들릴라치면 상념에 빠져 추억 한 자락을 소환하다가 지레 놀라기도 한다. 언제 이렇게 늙었는가. 그러나 진짜는 그다음. 신청곡이 끝나고 디제이가 방금 도착한 문자메시지를 소개한다. '보톡스 맞았을 거예요.' 인생은 멀리서 보면 희극, 가까이에서 보면 비극이라는 말을 굳이 들먹거리지 않아도 라디오의 사연과 그 사연 뒤에 이어지는 사연은 인생 뭘까, 라는 의문보다 인생 뭐 있나, 라는 기분을 느끼게 한다. 라디오는 보고 즐길 때와는 또 다른 문장부호를 듣는 이에게 남긴다.

　학창시절 갈말읍 정연리에 살던 김범영 씨가 손글씨로 적어 전해주던 〈유영석의 FM인기가요〉 클로징 멘트는 그 시절 내게 사색의 거리를 확보해주는 말줄임표 같은 것이었고, 군대에서 야간 경계근무를 서고 내무반으로 들어와 몰래 듣던 〈정지영의 스위트 뮤직 박스〉는 그날에 쉼표 같은 걸 찍어주었다.

　이런 순간은 어떤가. 버스에서 일어난 일이다. 볼륨이 높아서 버스 전체에 라디오 소리가 울려 퍼졌다. 승객들 대부분이 (소리) 너무 크지 않나, 하는 표정이었다. 잠시 후, 라디오에서 〈난 알아요〉가 흘러나왔다. 버스의 공기가 일순 달라지고 그 유명한 전주가 끝나갈 때 마치 노래방 화면의 3, 2, 1을 보기라도 하듯 승객 몇이 발로 박자를 구른 후에 동시에 읊조렸다. '난 알아요. 이 밤이 흐르고 흐르면…' 어제 탄 버스에서는 예상하지 못한 일이 오늘 탄 버스에서 벌어지고, 어제는 예기치 못했던 일이 오늘은 예기치 못하게 일어난다. 라디오를 듣는 일은 그러니까 다소 빤한 듯 보이는 하루의 줄을 바꾸고 그날을 새로이 들여 쓰게 한다.

　얼마 전 '배캠(〈배철수의 음악캠프〉)'에서 흘러나온 클로징 멘트도 예기치 못한 것이었다.

"저는 사실 종교가 없습니다. 하지만 누군가에게 간절히 바라봅니다. 청취자 여러분들을 빨리 만날 수 있기를. 다시 만나도 좋은 방송. MBC 문화방송…" 연속방송 프로그램 최초로 10000회 방송을 맞이한 프로그램이 그렇게 멈추게 될 것이라 예상하지 못했다. MBC 노조가 공영방송 정상화 및 김장겸 사장 퇴진을 외치며 총파업에 돌입하고 이에 MBC 라디오 PD 및 라디오 작가 들이 총파업 지지를 선언한 일은 예상 가능했다. 갑자기 방송에서 특정 연예인, 아나운서, 기자들이 사라지고 방송이 일부 세력의 사유물로 전락, 편파·왜곡 방송이 이어지던 것을 나도, 우리도 보았고 들었기 때문이다. 그 이면에 블랙리스트를 만들고, '건전 방송'이라는 명목하에 프로그램에 대해 검열을 가하고, 노조를 탄압하고, MBC 민영화를 주도한 세력이 있었다는 이야기는 이제 슬슬 드러나고 있다.

27년 동안 디스크자키 배철수의 시원섭섭한 유머를 들어왔던 이들은 그를, 그의 방송을 노동의 동무, 생활의 활력, 유머의 반면교사로 삼았을 것이다. 그리고 어떤 방송은 오랫동안 우리가 외면하지 말아야 할 사실을 전해주는 '수첩' 같은 것이 되어주었다.

나는 한때 라디오 작가가 되어볼까 고민했다. 지금은 라디오 디제이를 꿈꾼다. 그 자리에 있었더라면, 그 자리에 있게 된다면 하고 '나의 자리'를 생각해보는 일이 때론 연대를 시작하는 첫걸음이 되기도 한다. 그리고 청취자로서 들여 쓰기 하듯 응원하고 싶다. 사연을 보내고 싶다.

우리가 이긴다. 걱정 말고 어서 와.

연루되는 순간

지금 써야 할 글을 쓴다. 조개 줍는 이야기다.

한 원로 시인의 성추행을 풍자한 최영미 시인의 시 「괴물」과 시인의 경험을 바탕으로 한 문단 내 성폭력 고발을 보면서 '우리는 연결될수록 강하다'라는 문장을 되뇌었다. 2016년 나는 한 문예지에 「질문 있습니다」라는 글을 발표했다. 역시 여러 술자리에서 본 바 있는 남성 문인들의 젠더폭력을 증언하고 바꿔볼 건 바꾸어보자는 취지의 글이었다. 그때나 지금이나 그 글은 단독적인 것이 아니라 연쇄적인 것이었다. 여성이라는 이유만으로 차별과 폭력의 대상이 되었음을 고발하는 증언이 없었더라면, 여성을 비롯한 사회적 소수자들에 대한 혐오에 대항하려는 "우리는 계속되는 말하기와 행동으로 더 많은 변화를 만들어갈 것이다."라는 외침이 없었더라면, 그 목소리들에 힘을 얻지 못했다면 나는 그 글을 감히 쓸 수 없었을 것이다. 그러니까 그 글은 연결되어 있었다. 최영미 시인의 증언 역시 가깝게는 서지현 검사의 고발에, 멀게는 미투운동에 연결되어서 비로소 지금, 여기로 소환되어올 수 있었을 것이다. 그런 전세계적인 연결은 밝은 미래처럼 보인다.

문단 내 성폭력 연쇄 증언 이후 2년 동안 무슨 변화가 있긴 있었나, 새삼 궁금해하는 사람들이 많다. '그때 그런 일이 있었어?'라고 반문하는 사람들도 있음은 물론이다. 내가 경험한 지난 2년 동안의 변화는 다음과 같다.

몇몇 출판사에서 송년회를 겸해 열던 저녁 행사가 하나둘 없어졌고, 술자리에서 이제 누구든 농담 반 진담 반으로 요즘 그런 말, 그런 행동 하면 큰일 난다, 말하는 분위기가 되었다. 여성과 소수자의 목소리를 담은 문학작품들이 활발히 생산되고 있고, 여성주의적인 관점에서 재평가받아야 할 작품과 평가받지 못했던 작품을 다시 호명하는 비평적 작업도 이루어지고 있다. 피해, 생존, 연대 당사자들은 자신들의 목소리를 담은 글을 쓰고, 직접 독립잡지를 만들고, 좌담회를 열고, 대자보를 붙이고, 등단 제도와 문학권력에 대한 성찰을 통해 또 다른 문학의 역사를 쓰겠다는 각오를 다지고 있다. 젠더폭력 문제에 예민하게 촉각을 곤두세우고 있는 젊은 작가들은 광장에 서고, 촛불을 들고, 차가운 바닷속에서 돌아오지 못한 사람들을 기억하기 위한 낭독회를 지속하고, 강제철거와 집행에 맞서는 공간으로 가서 보고 듣고 배우고, 무엇보다 인간의 과오와 인간의 긍지에 대해 쓰고자 애쓰고 있다. 퀴어문화축제에 가서 걷고 환호하고 몸을 흔드는 것으로 연대하고 있고 적폐청산, 블랙리스트 진상 조사에 힘쓰고 있다. 또한 가해자들의 역고소에 맞서 홀로 싸우고 있고, 법적인 무죄가 모든 걸을 입증하지 못한다는 사실에 의지해 버티고 있다. 법적 소송이 무서워서, 소송 중에 무너져 내릴 자신의 일상을 염려하여 뒤에서, 숨어서, 퍼져나가라고, 끈질기게 폭로하고 욕한다. 그러니까 그 후, 누군가는 계속해서 그 일을 살고, 누군가와 계속해서 그 일을 살아야지, 마음먹고 있다. 그런 일이 벌어지고 있다.

수전 손태그는 타인의 고통 앞에서 연민보다 필요한 건 내가 연루됐다는 걸 아는 것이라고 말했다. 2016년부터 지금까지 이어져오고 있는 문화예술계 내 성폭력·위계폭력 재발 방지를 위한 운동은 이 연루되어 있음이라는 윤리를 잊지 않으며 계속해서 나아가고 있다.

어쩌면 최영미라는 이름은 실시간 검색어에서 빠르게 사라질 것이다. 그러나 이름이 사라질지언정 그 이름이 증언하고자 했고 바꾸고자 했던 것은 '순삭(순간삭제)'되는 게 아니다. 그런 걸 믿기에 거대한 비극 앞에서 수전 손태그가 적어 내려갔던 이 말을 거듭 곱씹어본다.

"다 같이 슬퍼하자. 그러나 다 같이 바보가 되지는 말자."

가슴에 담는 순간

출근길 지하철에서였다. 노약자석 앞에 서게 되었다. 신문을 보고 있던 한 어르신이 "진즉에 이랬어야지, 도둑놈들."이라는 말을 다 들리게 내뱉었다. 나와 내 주변에 섰던 이들이 거의 동시에 그이를 바라볼 정도였다. 신문의 정치, 경제, 사회면을 읽다가 저런 소리를 내뱉는 거야 비일비재하지. 대수롭지 않게 여겼으나 보아하니 그이가 읽고 있던 건 세월호 미수습자 추모식에 관한 기사였다.

가슴에 묻는다는 말을 해본 적이 없다. 그런 말의 쓰임에 적재적소가 있음을 아직 알지 못하고 또한 앞으로도 알 수 없기를 바란다. 어느 누가 그 말을 차마 입 밖으로 꺼낼 수밖에 없는 삶을 살고자 하겠는가. 가슴에 묻기 위해 존재하는 말에 얼마나 무거운 슬픔의 추가 달려 있을지 감히 짐작할 수 없다. 그러나 때로는 말하는 이의 얼굴이 그 모든 말할 수 없음을 사실 그대로 보여주기도 한다. 우리가 유가족 앞에서 절로 고개를 숙일 수밖에 없는 이유는 이미 그 말 속에 들어본 적 없는 말이 그리고 말해본 적 없는 말이 포함되어 있기 때문이다. '돌아오지 못한' 가족을 '떠나보내는' 이의 얼굴은 영혼을 믿는 자의 얼굴이다. 시신이 존재하지 않을 때 비로소 죽음은 가장 구체적인 관념의 시공간이 되기도 한다. 유가족의 얼굴이란 그런 곳으로 향하는 통로이다.

며칠 전, 한 마을 학교 학생들이 주축이 되어 개최한 '시 낭송의 밤'에 초대되어 다녀왔다. '곁'이라는 제목이 붙은 행사였는데, 곁에 있는 사람을 귀히 여기고 또한 곁에 사람을 두는 일을 쉬이 하자는 뜻이 담겨 있었다. 그곳에서 나는 청소년 시를 낭독했다. 어른들이 모른 체하는 청소년들의 기쁨과 슬픔에 관한 시들이었다. 세월호 이후에 범용이 줄어든 단어가 있고, 형편이 달라진 문장들이 많다. 세월이라는 단어와 가만히 있어라, 라는 문장은 말할 것도 없고, '청소년'이라는 단어도 그렇다. 세월호 참사 이후 내게 청소년이라는 말은 기쁨의 형태보다 슬픔의 형태를 먼저 떠올리게 하는 말이 되었다. 그렇기에 나는 청소년들 앞에서 청소년이 등장하는 시를 읽기 전에 "기쁨에 집중하는 청소년도 좋지만 슬픔을 외면하지 않는 청소년도 좋습니다."라고 말해버렸다. 청소년들과 '기억하려는 시'와 '들려주려는 시'에 관해 얘기를 주고받으면서도 괜찮았으나 청소년들의 목에 걸린, 노란색 리본이 달린 목걸이에 관해 이야기할 때 결국 눈물이 났다. 그들이 목에 걸고 있던 것은 목걸이였으나 목걸이만은 아니었다. 그 목걸이는, 목걸이를 목에 거는 행위는 그 자체로 한 단어 같았고, 한 문장 같았으며, 한 편의 시처럼 보였다. '곁'에서 내가 보고 듣고 만난 것은 아직도 여전히 잊지 않겠다고 다짐하는 청소년들이 아니라 미래의 목소리, 미래의 형태, 미래의 태도였다. 고해했다. 청소년 모의 대선 투표에서도 차별과 혐오 발언을 일삼은 후보를 뽑지 않았다는 그들에게. "저는 아름답지 않지만, 여러분들은 아름답겠습니다."

'추모식' 기사를 보다가 태연히 '도둑놈들'이라는 말을 내뱉을 수 있는 어른은 아름답지 않다. 그 어른이 다른 모든 순간 아름답다 해도 그 순간만큼은 추한 사람이다. 자기 스스로 죽음을 헐값에 팔아치우고 존재 가치를 자본에 종속시키는 사람 앞에 서 있자니 가방에 달린 노란색 리본이 더없이 무겁게 느껴졌다. 이미 무겁고자 지니고 다니는 그 사물이.

세월호 미수습자 추모식에서 권오복 씨 가족들이 울부짖으며 한 말은 "왜 못 돌아와. 너희들이 무슨 죄가 있다고 아직도 찬 바다에 있는 거야."였다고 한다. 들어본 적도 없고 말해본 적도 없으나 해봄 직한 말도 있다. 권재근·권혁규·남현철·박영인·양승진 님을 가슴에 담겠습니다.

부끄럽다 여기는 순간

잡지사에서 일하는 재위가 연락해왔다. '술 좀 마셔봤다는 사람들의 숙취 해소법'에 관한 기사를 쓰는데 혹시 나만의 비법이 있느냐는 것이었다. 그럴 리가. 나는 숙취 해소엔 깊고 긴 수면만이 정답이라고 생각하는 모범적이고 유약한 술꾼이다. 소싯적 지나친 음주 뒤엔 탄산음료파, 오렌지주스파, 우유파, 생수파 어디에도 속하지 못하는 먹토파였다. 그래도 물어온 사람 성의가 있어 재미있는 오답(?)을 고민하는 사이에 재위가 다른 이들의 대답을 들려주었다. 숙취 해소를 위해 요가를 하거나, 슬픈 영화를 본다. 다소 엉뚱하긴 하나 실제로 간을 이롭게 하는 요가도 있고, 체내로 흡수된 알코올의 10여 퍼센트는 땀이나 소변 등으로 배출된다고 하니 꽤 과학적인 것도 같은 느낌적인 느낌.

맥주의 계절이 도래할 때마다 어김없이 숙취 해소법이 화제에 오른다. 지나치게 인상적이어서 지금도 기억하는 푸에르토리코와 몽골의 숙취 해소법은 겨드랑이에 레몬즙을 바르는 것과 삭혀둔 양의 눈알을 토마토주스에 넣어 마시는 것이다. 사실인지 확인할 길은 없다. 사실이라 해도 해볼 리 없다. '숙취 해소법'을 찾아보고 실제 실행에 옮기는 이가 있긴 있을까. 일단 내 주변에는 글로 배운 숙취 해소법을 비법으로 삼은 사람이 없다. 모두 몸으로 부딪쳐 터득한 것으로 자기를 보호한다.

젊을 때 술, 담배를 즐기던 조영희 씨의 숙취 해소 비법은 김칫국이었다. 말 그대로 엄마는 김칫국부터 마시고 속 차렸다. 맹물에 굵은 멸치를 한 줌 넣어 팔팔 끓인 후에 신 김치를 숭덩숭덩 썰어 넣고 김칫국물을 쫄쫄쫄 부어준 후에 한소끔 끓여 먹는 김칫국은 굳이 숙취 해소용이 아니더라도 얼큰하고 시원하며 감칠맛이 나는 것이었다. 김칫국에 밥을 말아 훌훌 떠먹고 다시 살림을 시작하던 엄마를 당시에는 당연히 여겼으나 그게 큰 결심을 요하는 일이라는 것을 나는 뒤늦게 알았다.

이혼 후에 예식장 매니저로 일하며 자식 둘을 키우고 내 집 마련에 성공한 조미자 씨는 명절이면 차례를 지내고 남은 닭고기를 이용해 해장용 닭개장을 기가 막히게 끓여 낸다. 닭 육수에 조선간장을 넣고 고춧가루를 풀어 끓이다가 죽죽 찢어놓은 닭고기와 먹다 남은 나물을 싹 쓸어 넣은 후에 달걀을 풀어 살짝 익혀 내놓는 사촌 누나의 닭개장은 특별한 재료 없이도 특별한 맛이 났다. 거기에 셋이 먹다가 셋 다 죽어도 모를 맛 아니냐는 사촌 누나의 입담이 곁들여지면 해장 밥상은 다시 해장 술상이 되었다.

조영희, 조미자 씨가 자신의 노동력을 써서 가계를 꾸려가는 모습을 보면서 나는 한때 술 마시고 담배 피우는 엄마와 사촌 누나를 부끄러워한 적이 있었음을 되돌아보고 반성했다. 부모의 품을 떠나 자립해 살기 시작하면서부터는 일과 살림을 병행하는 자의 결기가 대단한 것임을 알게 되었으며, 숙취에 절어서 온종일 이불 속에 꼼짝없이 누워 있을 때면 '알아두면 쓸모 있는 숙취 해소법'을 하나쯤 갖고 있는 것이 설마, 진짜 어른의 일인지 궁리해보기도 했다. 숙취 해소를 위해 계란 프라이를 즐겨 먹는 옛 동료는 어쩌다 어른이 되었을까.

딱히 술자리에서만은 아니나 술자리에서도 입으로 손으로 발로 폭력을 일삼는 이들을 종종 목격했다. 모두 맨정신에는 착한 사람이라던 이들이었다. 그들도 얼큰하고 시원한 걸 먹으며 숙취를 해결하려고 노력했을 것이다. 그런데 술에서 깨면 그들의 부끄러움은 어디로 가는 것일까. 나에게도 한 시절 술만 마시면 나자빠지던 흑역사가 있다. 그때는 부끄러운 척했고, 지금은 부끄럽다.

퇴근하고 명태초식해에 혼술하며 재위에게 들려줄 반토막짜리 답을 내었다. 부끄러움이 남은 술기운을 이긴다. 술을 먹는 동안에도, 술을 마신 후에도 한 점 부끄러움이 없는 성숙한 인간을 위한 숙취 해소법은, 어딘가 누군가가 알고 있을 테다. 조영희 씨와 조미자 씨의 김칫국과 닭개장은 자랑할 만한 것이다.

지영의 순간

89년생 기혼 여성 지영이 입사 6년 차에 대리로 승진했다. 우리는 나이, 혼인 여부, 성별, 근속연수가 여전히 환기하는 바가 있는 노동 사회에 여전히 머물고 있다. 맞다. 다시 그 얘기다. '성별 임금격차'와 '일터에서의 성차별' 그리고 '여성 저임금 노동자 비율, 한국이 OECD 중 최악'이라는 사실까지 보태면 완성되는 오래된 이야기. 새로운 건 그 이야기 속 주인공이 바로 내 동료라는 것이다.

지영은 대학 졸업 직후 지금 직장에서 아르바이트를 시작해 영업자들을 지원하는 관리부서 정규직 사원이 되었고, 부서 이동을 거쳐 기획·운영 팀에서 수년째 근무하고 있다. 지영과 나는 가장 가까운 거리에서 함께 일하고 밥 먹고 가끔 사적인 얘기를 주고받는다. 사적인 얘기라고 해봤자 어제의 식단과 주말에 해야 할 일에 관한 것이 다. 가끔 맞벌이 부부로 사는 고단함이나 직장 내에서 자신의 역할, 입지라든가 업무에 따른 스트레스, 자신이 맞닥뜨린 한계와 도전에 대한 얘길 나누기도 한다. '직장 내 여성에 관한' 얘긴 비단 지영에게서 멈추지 않고, 그의 친구들로까지 뻗어 나간다. 취업 관문부터 존재하는 '유리문'이나 입사 후의 '유리천장', 기혼 여성으로서 느끼는 '경력단절(육아휴직)'의 불안 등 성차별에 관련한 개념어를 군이 사용하지 않아도 지영이 전달하는 얘기는 20, 30대 여성 노동자들의 '가장 평범한 직장생활'을 오롯이 담고 있었다.

(직장 내 남성으로부터) 의존적이라는 말을 듣지 않기 위해 생수통 갈기 노하우까지 터득했다는 여성, 저임금이라는 굴레보다 부가가치를 창출해내지 못하는 (대체 가능한) 노동자로 인식되는 것이 더 가슴 아프다는 여성, 기혼이고 가임 여성이라는 이유로 연봉 협상 불가능 통보를 받았다는 여성의 이야기는 보통의 여성 서사였다. 일상적으로 차별받지 않는 '직장 내 남성'인 나를 새삼 돌아보게 하였음은 물론이다.

직장에서 여성은 수동적이지 않은 자신을 증명하기 위해 늘 말해야 하고, 감정적이지 않은 자신을 증명하기 위해 늘 말을 줄여야 한다. 사랑받는 아내, 현명한 엄마에게 요구되는 것과 같은 이 '말하지 말고 말하기'라는 딜레마는 나이, 혼인 여부, 성별, 근속연수에 상관없이 남성인 내게는 처음부터 존재하지 않는 것이다. 어떤 불편함은 시작부터 불편을 겪는 대상을 정해놓기도 한다. 일상에서 마주하는 불편한 경험이 많은가 적은가가 내가 겪는 차별을 가장 구조적으로 설명하는 것도 이 때문이다. 그때와는 다른, 그때보다 나아진, 그때처럼 차별받지 않는다고 일컬어지는 오늘날 직장 내 여성들의 별별 이야기는 누구나 알고 있지만, 여전히 아무도 모르는 이야기다.

작가 은유는 「여자는 왜 늘 반성할까」(『다가오는 말들』, 어크로스, 2019)라는 글에서 "여성의 습관적인 반성과 침묵으로 다져진 성차별의 역사"(252쪽)를 돌아보며 섣부른 반성과 침묵으로 도망가지 않기를 다짐한다. 함께 다짐하자고 여성들에게 말 건다. 여성이 해낼 수 있는 주체적인 발화행위에 관한 이 중대한 선언을 접하고, 지영이 들려준 진심을 떠올렸다.

이제 막 직장생활을 시작한 이십 대 후반 기혼 여성 동료에게 활력을 심어주는 선배가 되고 싶다는 바람이었다. 그 고백 속 지영은 수동적이지도 의존적이지도 감정적이지도 않았고, 가장 평범한 직장인이었으며 무엇보다 여전히 아무도 모르는 세계에서 한 여성과 함께 살아남고자 분투하는 역동적인 발화자였다.

슬픔의 범위를 짐작하는 순간

요즘 정기적으로 '시 처방전'을 쓰고 있다. 독자들 사연을 받아 그에 맞는 짧은 글을 적은 뒤 시 한 편을 추천해주는 건데, 호응이 좋아서 매번 200여 개가 훌쩍 넘는 사연이 접수된다. 생활 속에서 발생한 크고 작은 감정의 요동에 관한 사연을 읽으면서 혼자 실실 웃기도 하고 괴로워하기도 하며 가슴 한쪽을 자주 쓸어내렸다. 사람들은 무슨 위로를 바라며 살고 있는가. 좋아하는 가수를 두 번 다시 볼 수 없게 되었다는 사연이나 첫사랑을 짝사랑으로 시작한 사연, 오래 키운 고양이와 이별을 준비하려는 사연을 앞에 두면 나부터가 감정적인 사람이 되었다. 그 사연들은 언젠가의 내 사연들이었다.

그런 사연들 중에는 뭐라 말을 전할 수 없고, 감히 처방을 내려줄 수도 없는 것도 있었다. 어린 시절부터 지속적으로 폭력에 노출되어 어른이 된 지금까지도 트라우마를 겪고 있다는 사연이나 사랑하는 사람과 생이별하여 고통을 온몸으로 떠안고 있다는 사연, 우울을 쉽사리 떨쳐버릴 수 없어 자주 죽고 싶어진다는 사연을 보노라면 몸이, 마음이, 말이, 글이 굳었다. 슬픔의 범위를 알아보기가 겁났다. 슬픔은 깊이를 재는 일이 아니라 넓이를 재는 일이다. 모든 슬픔은 슬픔 그 자체로서 똑같은 깊이를 갖기 때문이다. 깊어서 더 슬프고 얕아서 덜 슬픈 슬픔은 없다. 슬픔은 슬픔이다. 우리는 다만 슬픔의 범위를 짐작할 뿐이다. 그러나 슬픔의 범위를 짐작하는 일은 경험의 내공이 있어야 하는 어려운 일이다. 섣부를 때 위로는 슬픔에 걸려 넘어진다. 나는 타인의 슬픔에 관해선 아직 앎이 짧은 사람이다. 그런데도 그런 사연들 주변에서 발길을 쉬이 돌리지 못해 서성인다. 한순간이라도 타인에게 연루된 사람의 도리란 그런 것이 아닐까.

세월호생존학생모임인 '메모리아'의 글을 읽으면서도 비슷한 기분에 휩싸였다. 세월호 탈출기라고 해야 할 '생존담'에는 죽은 자의 침묵에 버금가는 고통과 공포가 고스란히 담겨 있었다. 마음이 꽝, 했다. 덧붙일 말이 없었다. 그저 눈길이, 손길이 거기 머물렀다. 생존이라는 행위에 관해 묻고 답해보았다. 생존은 축복인 것인가, 고통인 것인가. 생존은 살아남은 것인가, 살고 있는 것인가. 생존은 죽음의 반대말인가, 비슷한 말인가. 우리는 늘 죽음을 죽음이라는 이유로 애도하고 생존을 생존이라는 이유로 세심히 대하지 못했던 건 아닐까. 생존자가 지닌 슬픔의 범위를 짐작해보지 않을 수 없었다. 그간 생존자를 향한 우리의 잣대는 늘 수평이 아니라 수직으로 되어 있었던 건 아닐까. 되돌아보았다. 메모리

아는 세월호 참사를 잊지 않고 진상규명을 위해 할 수 있는 일과 방향에 대해 고민하고 행동하는 모임이다, 라는 말을 보고 한 시인의 글을 다시 찾아 읽었다. 시인은 위로란 내가 찾아 나서는 것이기도 하다고 말했다. 그 '찾아 나섬'은 슬픔을 사이에 둔 나와 너의 거리를 어디까지 짐작해본 이후에 일어나는 행위일까.

아버지를 하늘나라로 보낸 한 선배가 아버지가 병상에서 적은 손글씨를 휴대전화로 찍어 보여주었다. "이 자식아 보고 싶어 죽게다 이제 아빠는 희망이 없다"라고 적힌 종이를 (사진을) 황망히 바라보다가 선배에게 뒤늦은 '처방전'을 건네고 싶어졌다. 찾아 나서기 전에 찾아오는 위로를 필요로 하는 것이 또한 삶이기 때문이다.

3부
책에 파묻혀 더 멀리

달빛을 접어서 창가에 두는 생활

달에는 어떤 힘이 있을까. 야근하고 귀가하는 길에 저절로 고개가 들려서, 하늘을 보게 되었다. 하늘에는 별도, 구름도 있었는데 그 무엇보다 달이 압도적으로 시선을 사로잡았다. 마치 달이 내 정수리 머리카락을 잡고 사뿐히 들어 올린 것처럼 달만 보게 되었다. 달무리가 껴서 달은 노랑의 영역이 아니라 하양의 영역에 더 근접해 있었다. 내일은 비가 오겠구나. 초여름에 찾아온 더위 때문에 얇은 옷을 꺼내 입고 에어컨을 켜던 요사이가 스쳐갔다. 서둘러 속이 다 시원해지는 기분이었다.

달무리나 햇무리(햇빛이 대기 속의 수증기에 비치어 해의 둘레에 둥글게 나타나는 빛깔이 있는 테두리)가 끼면 비가 온다는 사실을 처음으로 발견한 사람, 관찰자는 누구였을까. 물의 순환을 누구보다 먼저 터득한 사람을 머릿속에 그려보았다. 자신 안에 물이 그득함을 최초로 인지한 자는 여성이리라. 햇무리를 줄여 부르는 말은 '햇물'이고, 달무리를 줄여 부르는 말은 '달물'이다. 햇물은 표준어지만, 달물은 강원, 경북, 충청의 방언이다. 표준어와 방언. 달은 늘 해의 뒷전에 있다. 달은 해에 비해 덜 열정적이며 덜 성마르다. 그런 이유로 달은 해보다 더 성숙하다.

나는 강원도에서 나고 자랐으나 한 번도 달물이라는 말

을 써본 적이 없다. 어린 시절 나는 잠이 쉬이 들고 도량이 좁고 느긋한 데가 없는 아이였다. 어릴 때부터 달을 좋아했던 사람과 어릴 때부터 해를 좋아했던 사람은 어떻게 다를까. 일찍이 찾아온 불면 때문에 달을 보며 소원을 빌던 사람과 그렇지 않은 사람의 어린 시절은 달라도 크게 다를 것이다. 단 한 번이라도 달을 바라보며 소원을 빌어본 사람만이 몽상가라고 불릴 자격을 얻는다. 몽상가의 심상 지리는 무한하다. 어린 시절부터 검고 드넓은 꿈의 숲을 날아 더 멀리 떠나갔다 좁은 이불 속에서 자주 잠 깬 사람이 결국은 제 삶 속에서 최초의 방랑자가 된다. 자신의 삶이라고 해도 방랑하는 재미를 알고 가는 이는 많지 않다. 나는 성마른 시절을 다 보낸 후에 우울을 겪으며 드디어 하늘을 올려다보고 '달님, 제 소원을 들어주세요.'라고 속삭였다. 달은 귀에 가깝다.

철새를 타고 먼 나라들을 여행하고 싶다

검은 숲에서 아코디언을 연주하는 방랑자를 만난다면 좋겠지
우리가 멍청하다고 느낄 때까지 노래한다면 더 좋겠지
낡은 원피스를 겹쳐 입고 춤을 추다가
내 손목을 잡아끄는 달빛을 따라가다가

내 몸이 한순간 사라져도 좋겠지

네가 아름다운 수염을 가진 소년이었다면
나는 너의 관을 열어 옆에 누웠을지도 모른다
나와 결혼해주겠니
자장가처럼 달콤한 목소리로 청혼했을지도 모른다
이미 죽은 너의 귓속에 속삭였을지도 모른다

달빛이 내 머리를 쓰다듬을 때 나는
우아하고 창백한 새의 부리를 쓰다듬는다
수염처럼 깃털처럼
우리는 밤하늘에서 잠든다*

집 앞 테니스장 펜스를 따라서 올라 핀 붉은 장미 넝쿨을 보았다. 계속해서 위를 향해 피어나는 저 맹목적인 발산을 장미가 꾸는 아름다운 꿈이라고 부른 이도 있으리. 더 높은 곳에서 떨어지는 꽃잎이 더 낮은 곳까지 아름답다. 추락을 위한 비상은 식물만의 고유한 일이다. 고유한 것이 아름답다. 달빛을 받은 장미는 과연 사람 넋을 빼놓을 만한 것이었다. 초록이 짙다. 달밤 장미는 붉음의 영역

* 「펼쳐라, 달빛」(강성은, 『단지 조금 이상한』, 문학과지성사, 2013) 전문

이 아니라 초록의 영역에 더 근접해 있었다. 달빛은 꽃잎이 아니라 잎을 더 애호한다. 햇빛을 받는 식물과 달빛을 받는 식물은 분위기가 다르다. 다른 시절 속에서 아름다운 쌍둥이 형제처럼. 햇빛 속 식물은 숨 가쁘고 달빛 속 식물은 가만히 숨을 고른다.

　호흡이라는 말은 낮의 언어가 아니라 밤의 언어다. 그런 이유로 많은 이들이 밤에 혼자 떠들고 혼자 쓴다. 밤에 쓰인 글과 낮에 쓰인 글은 어떻게 다른가. 밤의 글은 달물, 방언, 방랑자, 잎사귀에 가깝고, 낮의 글은 햇물, 표준어, 거주자, 꽃잎에 가깝다. '낮 동안 햇물이 꼈으니 내일은 비가 오겠구나.'라고 읊조리며 잠의 문을 두드리는 자와 '밤 사이 달물이 져 내일은 산책할 수 없겠구나.' 하고 꿈의 문을 두드리는 자는 분명 다른 시공간에서 눈을 감았다 뜬다.

　테니스장 한쪽에서 획획 줄넘기하는 소리가 들려왔다. 달밤에 체조하는 이는 어떤 사람일까. 저이는 꿈꾸는 대로 이루어지기를 소원하는 사람이리라. 달에는 어떤 힘이 있다.

여름 저녁 산책 허밍 생활

뜻대로 단출한 하루를 보냈다.

가끔은 빈틈 많은 생활이 삶을 더 풍요롭게 한다. 대량 세탁이 가능한 기계 대신 조물조물 손을 써야 하는 빨래나 밥과 물과 김치만으로 차려진 밥상, 바닥에 누워 늘어지게 자는 낮잠이 아니라 볕이 드는 책상에 엎드려 잠시 눈을 붙이는 쪽잠이 더 온전하게 느껴지는 건 비어 있는 구석 때문이다.

생활을 알뜰하게 하는 사람은 늘 부지런하고 애쓰며 사는 사람이 아니라 때론 나태하고 더러 힘쓰지 않고 살려는 사람이다. 우리는 더 많이 일하고, 더 많이 먹고, 더 많이 자는 것이 실용적인 소모라고 자주 착각하고 있는 건지도 모른다. 육상화를 신고 파워워킹 하며 열량을 점검하는 대신 슬리퍼를 끌고 슬렁슬렁 동네를 한 바퀴 돌며 뱃살을 쓰다듬는 저녁 산책은 '소모적이지' 못한 일이다. 그러나 그런 행위를 소소하지만 확실한 행복이라고 자신하는 사람의 여백은 본받을 만하다.

저녁이면 혼자 산책하는 데서 즐거움을 찾는 사람을 그려본다. 자신의 코로 들고 나는 숨을 느끼기도 하고, 손과 발이 가르고 지나가는 공기의 흐름을 파악하는 사람. 걷다가 잠시 멈춰 서서 하늘을 올려다볼 줄 아는 사람은 '매사 과하게 사는 건 아닐까.' 하는 내면의 소리를 듣는다. 그런 소리는 꼭 혼자서 듣게 된다. 홀로 된다는 것은 참으로 오묘해서 지금껏 누구와도 대화해보지 않은 '나'를 불쑥 내 앞에 꺼내놓게 된다. 마음의 방에 꼭꼭 숨어 있던 내가 살며시 문을 열고 후— 나오는 것이다. 그 열림을 우리는 자신과 나누는 대화라고 부른다. 그때 나와 마주한 나는 나이면서 동시에 내가 아니기도 하다. 잘 먹고 잘 살아야지 애쓰며 나로 사는 동안 나도 모르게 복잡하고 무거운 내가 된 건 아닌지, 과식과 과음으로 점철된 생활을 되돌려보는 나는 그전의 나보다 조금 더 가벼워진 나이다. 내면은 내 안의 나가 아니라 내 안의 나 아닌 나이다.

대화를 통해 생각에 생각을 더하는 일은 무게를 더하는 일처럼 보이나 오히려 무게를 더는 일이다. 진리는 무겁지 않고 가볍다. 떠오르고 흔들리고 날아간다. 산책하며 감정을 조율하고 체지방을 소모하는 대신 과부하가 걸리지 않도록 생각을 조절하는 사람의 느린 콧소리는 생기롭다.

캄캄한 밤의 공원에서
유서를 썼다

기분이 좋았다

맹꽁이가 커다랗게 울고 있었다
두 남자가 배드민턴을 치고 있었다
셔틀콕이 어둠 속을

밤의 흰 새처럼
잊어버린 새의 이름처럼 날아갔다

 아이들이 텅 빈 미끄럼틀을 타고 있었다
그들은 내가 편지를 보낸
나 없는 세계에서 왔다
나는 유서를 밤의 공원에
벤치 아래의 어둠 속에 묻었다

두런두런 말소리가 들렸다
내가 어딘가로 떠났고
이 세계로는 두 번 다시 돌아오지 않는다는 이야기였다

긴 한숨 소리가 번져나갔고
나는 유서를 어디 묻었는지 잊어버렸다
그 밤의 공원도 잊었다
나를 잊었다

새의 이름을 잊듯이*

생기가 넘칠 때 죽음에 더 가까이 다가가는 산책자를 종종 목격한다. 혼자가 될 때만 나타나는, 내가 자주 마주하지 못하는 '나'가 바로 그 사람이다. 나는 빛 속에서 어둡고 어둠 속에서 빛나는 사람을 동경하곤 했다. 산다는 것 대신에 죽는다는 것을 궁리하는 하룻저녁은 단출한 것일까, 어지러운 것일까. 생기로운 기운이 넘쳐 언제나 발랄한 사람은 어쩌면 누구보다 더 어둡고 복잡한 사람일지도 모른다. 한순간 죽음을 숙고할 수 있는 사람, 죽음에 신호를 보내고, 죽음에게 인사할 수 있는 사람이, 그런 사람의 저녁, 산책이 어쩌면 더 정확하게 생애의 중심에 있는 것은 아닐지. 죽음에 가까이 다가가 마음속으로 유서를 쓰고 그 유서를 마음속 깊은 벤치 아래 꼭꼭 묻어두었다가 다시 삶으로 돌아와 그 모든 것을 잊는 일. 그런 것을 흔들리는 콧소리로 흥얼거릴 줄 아는 이의 하루는 셔틀콕처럼 가볍다. 더 멀리 날아간다. 무너짐의 깊이를 단 한 번도 가늠해보지 않는 떠들썩한 사람과 가끔 생각의 줄자를 마음 안에 넣어 재보는 조용한 이 중에 더 자주 걷는 자는 누구일까.

---

* 「밤의 공원에서」(박시하, 『우리의 대화는 이런 것입니다』, 문학동네, 2016) 전문

뜻대로 하루를 침묵으로 마무리하려던 내 기쁨과 슬픔을 헤아려본다. 나는 여름 저녁의 산책과 허밍을 좋아하는 사람. 허밍은 가까이에서 터져 나오는 노래가 아니라 멀리서 흘러오는 노래다. 말의 빈틈에서 완성되는 노래의 언어다. 산책은 어떤가. 산책은 걸을수록 여백이 많아지는 일이다. 내가 이 세계로 두 번 다시 돌아오지 않는다면, 이런 혼잣말은 나를 백지白紙 상태로 만든다. 산책자의 집에 오래도록 불이 켜져 있는 건 이 때문이다.

0칼로리 생활

입맛이 달아났다. 더 더울 수 있을까 싶으면 더 더워지는 날씨 탓이다. 밖에서는 무조건 입이 시원한 음식을 찾고, 집 안에서는 되도록 가스 불을 멀리했다. 이런 상황이다 보니 열심히 끼니를 챙겨 먹는다기보다는 근근이 한 끼를 때우고 있다는 느낌을 자주 받는다. 음식 앞에서 시작부터 '망한 느낌'을 가져본 적이 거의 없는데, 요즘엔 밥상 앞에 앉는 것부터가 고역이다. 정갈하게 잘 차려진 가정식백반을 앞에 두고도 계곡물에 발 담그고 앉아 도토리묵무침에 들어 있는 오이를 아삭아삭 씹으면서 주전자에 든 차가운 막걸리를 한 사발 따라 마시고 싶다는 상상을 한다. 먹을 때 먹는 걸 떠올리는 미련한 즐거움이 요즘처럼 활발했던 적이 있나 싶다. 그뿐인가. 일하기 싫지만, 더 일하기 싫다고 생각하는 때가 또한 이때다. '폭염 재난' 극복을 위해 국가적으로 주 4일 근무를 실행해야 하는 건 아닌가, 하는 허튼 염원도 모두 입이 쓰기 때문이다.

여름에 입이 쓰면 부러 뜨거운 음식을 찾아 먹어야 한다는 사람도 있고, 쓴맛은 쓴맛으로 해결해야 제맛이라며 늙은 오이를 사서 무쳐 먹는 이도 있다. 나 같은 사람에게 요즘 최고의 맛은 남이 차려주는 음식의 맛. 이럴 때 어김없이 '아빠 손맛'보다 '엄마 손맛' 같은 게 먼저 생각나는 걸 보면 아직도 한참 멀었구나 싶지만, 그래도 엄마의 양념게장이나 엄마의 백김치, 엄마의 닭개장 같은 말은 자연히 입안에 군침이 돌게 한다. 아무에게나 묻고 싶다.

'독립생활자들의 입맛을 살리는 손맛 음식을 추천해주세요.'

요즘 〈밥블레스유〉라는 텔레비전 프로그램을 즐겨 보고 있다. 오랫동안 알고 지낸 친구 네 명이 전국팔도 맛집이나 혼자 먹어도 좋은 음식, 둘이 먹다가 하나가 죽어도 모를 음식 같은 것들을 알려주며 떠드는 수다잔치를 보면서 그야말로 '저런 게 행복이지' 하고 '미래의 식사'를 상상했다. 뷔페에 갈 때는 고무줄 바지에 노브라라는 생활의 지혜를 나누고 음식을 통해 누군가의 고민에 공감하는 와중에 들려주는 '나이는 노력 없이 먹는 것이니 생색내지 말 것'이라는 고품격 조언은 밥상이 먹기 위한 장소만이 아니라 사람을 만나고 배우고 느끼기 위한 장소임을 다시금 일깨웠다.

비빔밥엔 잡다한 것이 들어가야 한다 싱건지나 묵은 김치도 좋고 숙주노물이나 콩노물도 좋다 나물이나 남새 노무새도 좋고 실가리나 씨래기 시락국 건덕지도 좋다 먹다 남은 찌

개 찌끄래기나 달걀을 넣어도 좋지만 빼먹지 않아야 할 것
은 고추장이다 더러 막걸리를 넣거나 된장국을 흥창하게 넣
는 사람도 있는데 그것은 취향일 뿐 그렇다고 국밥이 되는
것은 아니다

비빔밥엔 가지가지 반찬에 참기름과 고추장이 들어가야 하
지만 정작 비빈 밥이 비빔밥이 되기 위해서는 풋것이 필요
하다 손으로 버성버성 자른 배추잎이나 무잎 혹은 상추잎이
들어가야 비빔밥답게 된다 다 된 반찬이 아니라 밥과 어우
러지며 익어갈 것들이 있어야 한다 묵은 것 새것 눅은 것 언
것 삭은 것 그렇게 오랜 세월이 함께해야 한다

하지만 재료만 늘어놓는다고 비빔밥이 되는 것은 아니다 비
빔밥을 만들기 위해서는 요령이 필요하다 비빈다는 말은 으
깬다는 것이 아니다 비빌 때에는 누르거나 짓이겨서는 안된
다 밥알의 형태가 으스러지지 않도록 살살 들어주듯이 달래
야 한다 어느 하나 다치지 않게 슬슬 들어 올려 떠받들어야
한다

손과 손을 맞대고 비비듯 입술과 입술을 대고 속삭이듯 그
렇게
몸을 맞대고 서로의 체온을 느낄 수 있게 그렇게
서로가 서로를 우려 이미 분리할 수 없게 그렇게
그렇게 나는 너를 배고
너는 내게 밴 상태라야 비빔밥이라고 할 수 있다

우는 사람아 비빔밥 먹을래?
내가 너에게 들고 싶다[*]

'챔기름' 두른 꼬막비빔밥을 맛있게 나누어 먹는 친구들 (김숙, 송은이, 이영자, 장도연, 최화정)을 보면서 새삼 달아난 여름 입맛은 여럿이 둘러앉아 먹는 밥상에 가 있는 게 아닌가 하는, 새로울 것 없는 진리를 곱씹게 되었다.

세상 어떤 밥상 앞에서도 쉴 새 없이 웃고 떠들고 지지고 볶을 준비가 된 친구들 얼굴이 찬찬히 그려진다. 밥상 앞에서 죽상을 하고 있으면 등짝을 때리며 음식에 예의를 갖추라는 친구, 라면은 무조건 양은냄비이고 비빔밥은 무조건 양푼에 먹어야 하는 거라며 음식과 식기의 '무조건적인' 궁합을 중요시하는 친구, 일주일에 서너 번은 꼭 회를 먹는 '생선회 예찬론자', 성게비빔밥 시식 소감을 '바다가 입에 착– 들어오는 맛이야'라고 말하며 '오, 주여!'까지 찾는, 음식 하나로 더 멀리 가는 친구와 함께 세숫대야 양푼에 쓱쓱 비벼 먹는 강된장 열무비빔밥은 얼마나 구수하게 맛있을까. 상상만으로도 열량이 높아지는 늦여름의 맛이다.

[*] 「비빔밥」(이대흠, 『귀가 서럽다』, 창비, 2010) 전문

생각할수록 가을이 되는 생활

'구름 좀 봐.'

자연스럽게 하던 일을 멈추고 혼잣말했다. 정말, 누구라도 봐야 할 구름(들)이 하늘에 떠 있었다. 구름은 높고 파란 하늘에서 변화무쌍하며 거창했다. 느리게 움직였다. 나는 그 느린 움직임을 따라 먹고사는 생활의 속력을 가늠해보기도 하고, 순환하는 계절 속에서 인간은 참으로 유한한 존재가 아닌가, 지난여름 '헐레벌떡'을 소란스러웠노라, 되돌아보기도 했다. 구름을 쓱 보았을 뿐인데 사무 공간이 돌연 사무적이지 않은 공간이 되었다.

그곳에서 하지 말아야 할 짓을 하는 가운데 얻게 되는 재미란 게 있다. 교실에서 만화책 읽기, 사무실에서 하는 인터넷 서핑, 남편이나 아내가 차려준 밥상 앞에서 휴대전화를 들여다보는 무한도전에는 대결의 묘미가 있다. 숨는 자와 찾는 자 사이의 쫄깃한 긴장감은 숨바꼭질에만 있는 게 아니다. 그런가 하면 '그 시간'에 해야만 의미 있는 짓도 있다.

환절기만 되면 이불 가게 앞에 잠시 발길을 붙잡아두고, 빨갛게 김칫물이 밴 밀폐 용기 대신 고운 유리 식기를 장만할 생각, 칙칙한 암막 커튼 대신에 계절의 감수성이 묻어나는 직물을 찾아보는 일은 시간에 발맞췄으므로 더 의미 있다. 계절에 적응하는 것은 몇 달 동안 익숙했던 내 생활의 인테리어를 바꾸는 재미난 일이다.

가을이 돌아왔다.

아침저녁으로 제법 선선한 바람이 불고, 찬물을 끼얹으며 살던 때가 엊그제 같은데 미지근한 물로 피로를 풀고 잠자리에 든다. 그때 느끼는 맨발의 개운함은 여름의 그것과는 다르다. 여름 맨발은 원초적인 것에 가까워서 감각적인 차원에 들지 않는다. 여름 맨발은 둘 중 하나. 덥거나 시원하다. 이분법에 가깝다. 가을 맨발은 어떤가. 열어 놓은 창문으로 들이부는 밤바람을 느낄 수 있고 그걸 감각할 수 있는 덕에 가을이 보내는 신호에 맞춰 '가을 우체국 앞에서 그대를 기다리다 노오란 은행잎들이 바람에 날려가고' 노래를 흥얼거릴 수도 있다. 그렇게 누워 있다 보면 어느새 한 사람의 얼굴을 물끄러미 쳐다보게 된다. 상념 속에 그 얼굴은 이미 나와 만날 수 없는 먼 사람의 것인데도, 피를 따뜻하게 할 정도로 가깝게 느껴진다.

가을 맨발은 덥지도 시원하지도 않다. 미지근하다. 미지근한 감정으로 한쪽 발등에 다른 발바닥을 올려놓고 자문하게 된다. 그때 나와 그 사람은 왜 멀어졌던 것일까…. 가을에는 만나는 이유가 아니라 헤어지는 연유에 골몰한다.

그게 가을에 하는 짓 중에서 가장 쓸모 있는 짓이다. 모든 헤어짐은 가을이 옳다. 가을에야말로 우리는 생각의 울타리를 벗어나 네 발로 사색의 들판을 서성이기 때문이다. 꿈꾸기 때문이다.

　당신 생각을 켜놓은 채 잠이 들었습니다*

　여름밤엔 보지 못했던 사람을 가을밤에는 보았다. 꿈에서 멀리, 더 멀리 다녀왔다. 이제는 두 번 다시 만날 일이 없는, 수년 전에 세상을 떠난 이모를 만났다. 이모와 나는 한적한 해변에 앉아서 파도를 보며 대화를 나누었고―대화의 내용은 기억나지 않는다. 대화하는 장면이 그 자체로 대화 같을 뿐― 그걸 바라보는 내가 있었다. 나는 이모와 내가 대화하는 모습을 지켜보다가 어느 순간 해변에 홀로 남겨진 내 뒷모습을 보고 있었다. 눈을 뜨니 가을 아침이었다.

　이모가 꿈에 보이면 엄마에게 전화해 소식을 전하곤 했는데, 이번에는 이모 얼굴이 보였노라 말하지 못하고 안

* 「가을」(함민복, 『모든 경계에는 꽃이 핀다』, 창비, 1996) 전문

부를 물었다. 날이 선선해지니 살 만하다며 된장을 담아 보내겠노라는 엄마의 말을 듣고 있자니 지난밤 엄마의 꿈자리도 미지근하지 않았을까 하는 물음이 피어올랐다. 이모가 좋아했던 '언니의 꽃게 된장찌개'는 지금도 여러 자식과 친지들의 심금을 울리는 맛인데….

파도가 제철일 때 해변을 찾는 일과 구름이 제철일 때 하늘을 올려다보는 일, 유난히 발이 찬 사람과 제철 꽃게를 푹 쪄 먹는 일을 생각하면 할수록 생각이 무르익는 계절이다. 꿈에서도 자연히 하던 일을 멈추고 오랫동안 침묵이라는 해변을 거니는 사람이 되는 일이 사실, 가을이다. 맨발로, 네 발로, 생각을 켜둔 채로.

혼자라는 생활

말조심하셨습니까?

　명절에는 누구나 범람하는 말 때문에 고생한다. 대학은 어디니, 취직은 했니, 연봉은 얼마니, 애인은 있니, 결혼은 언제 할래, 아이는 가져야지, 부모에게 효도해라…. 끝없이 이어지는 '명절 소음'에서 멀어지기 위해 부러 귀 닫고, 입 닫고, 눈 닫는 사람이 나만은 아닐 테다. 한 사람이 하고 한 사람이 듣는 말이면서도 누구나 하는 말 같고 누구나 듣는 말 같은 이 '가부장의 언어'는 도대체 언제, 누구로부터 시작된 걸까. 언제, 누구에게까지 이어지게 될까. 부모와 형제, 친지들과 북적북적 어울리며 명절을 쇠고 '혼자'로 돌아오면 '조용해서 좋다'라는 말이 자연히 입 밖으로 흘러나온다.

　말의 요란함을 견딘 후에 얻게 되는 혼잣말은 귀하다.

　욕이나 흥이나 칭찬을 들어도 그저 그렇구나 하고 넘기는, 귀가 순해지는 나이도 있다곤 하나 명절이 지나고 나면 서둘러 귀가 순해지고 싶다. 말없이 나를 다독인다. 무례한 말을 한 귀로 듣고 한 귀로 흘려보내지 못한 자신을 자책하기엔 이미 늦었고, 어떻게 나이 들 것인가, 나이를 먹어가면서 배워야 할 말과 이미 배웠으나 버려야 할 말에 관해 골몰해보는 건 명절 뒤풀이에서 얻는 확실한 의미이다.

듣기 싫었던 말, 하지 못했던 말, 듣고 싶던 말, 하고 싶던 말을 찬찬히 돌아보기 위해 책상이나 소반 위에 맥주 한 캔과 크래커 한 봉지를 올려두고 무엇인가를 읽거나 쓰는 행위는 '어른의 말씀'에 주눅 들지 않는 근사한 방법 중 하나다. 그 순간 "사람은 말을 할 때 타인의 목소리만 듣는 것이 아니라 타인의 얼굴을 본다."(막스 피카르트, 『인간과 말』, 봄날의책, 2013) 같은 문장이 마음을 두드리고, 말 없이 생각의 기둥을 솟구치게 한다.

다른 이의 얼굴에 귀 기울일 때 더 잘 들을 수 있는 것, 얼굴을 살펴 들으면서 할 말과 하지 말아야 할 말을 고심해야 한다는 것은 아리송하지만 선명한 깨달음이다. 어디 명절뿐이랴. 오늘날 우리는 타인의 얼굴을 듣는 것에 익숙지 않다. 우리는 타인 앞에서 얼마나 자주 침묵하는가. 침묵은 소리 없는 대화이다.

귀가 몇 개만 더 있으면 정말 좋았을 텐데.

물이 물에 녹는
소리 속에서
오래오래 생각에 잠기고 싶었다.*

막스 피카르트는 "홀로 걸어가는 고독한 인간의 침묵 속에서 말은 불현듯 집을 얻는다."(같은 책)라고 이야기한다. 집단의 상태에서 벗어나 혼자, 라는 상태가 되고 보면 보이지 않던 게 보이고, 보이던 게 보이지 않는다. 스스로 힘써 '홀로 됨'이라는 '내부 공간'을 만들면 뜻밖에도 침묵이 '인간과 말'을, '대화'를 탐구하기 좋은 현장이 된다는 사실을 깨닫는다.

우리는 혼자가 되어서 비로소 진리의 창문을 연다. 더 멀리, 귀를 기울인다. 독서는 무엇보다 혼자인 나를 경험하는 것이다. 누군가 혼자서 쓴, 사색의 언어로 가득 차 있는 책은, 책과 나누는 대화는 우리를 산뜻하게 다른 차원의 세계로 안내한다. 말로 가득 찬 세계가 아니라, 말로써 텅 빈 세계로.

---

* 「귀」(신해욱, 『생물성』, 문학과지성사, 2009) 전문

계절을 듣는 생활

날이 선선하다. 가을볕이 따갑다고는 하나 아직 무르익지 않은 초가을 볕은 여름의 것과는 다르게 몸소 느껴볼 만하다.

어제저녁에는 적적했다. 걷다가 아슴푸레하게 불 밝힌 양옥집 창문을 가만, 보았다. 보았다기보다는 들었다고 하는 편이 더 맞겠다. 창문을 넘어 아마도 도자기 그릇에 쇠젓가락이나 숟가락 따위가 부딪치는 듯한 소리가 들렸다. 에이, 그 소리가 그렇게 먼 곳까지 들렸을까, 싶겠지만 들렸다. 저녁 밥상 소리는, 가족이 둘러앉아 분주하게 수저를 움직이는 소리는 그렇게 멀리까지 들린다. 혼자 앉아 밥 먹는 소리가 가까이 있어도 잘 들리지 않는 것과는 다르게. 처서와 백로 사이에 가벼운 바람을 맞으며 걷다가 듣게 되는 소리는 참, 다 가을 소리였다.

계절마다 들리는 소리가 다르다. 들으려고 하는 소리가 다르기 때문. 계절이 시작되고 계절이 무르익고 계절이 끝나는 걸 알려주는 소리를 떠올려본다. 가을이 왔음을 가장 빨리 알리는 소리는 귀뚜라미 울음이다. 귀뚜라미 울음이 어느 밤에 들려오면 몸이 계절을 기억하는 양 따뜻한 물에 차를 우려먹게 되고 라디오 볼륨을 조금 낮추게 된다. 어릴 적에는 한 살 터울의 누나와 함께 밍크이불을 깔고 엎드려『인어공주를 위하여』나『호텔 아프리카』를 읽는 것으로 가을밤을 시작하기도 했다. 사이좋은 남매가 순정만화 속 대화를 주거니 받거니 하는 소리는 여름밤 단골 분식집으로 대접을 들고 가 쫄면을 받아 와 먹던 소리와는 분명 다른 계절의 소리였다.

그러나 가을이 무르익으면 들리는 소리도 역시 먹는 소리다. 끓는 물에 소면을 삶는 소리는 냄새보다 먼저 그윽하다. 꽁치가 기름에 지글지글 구워지는 소리는 입에 침이 고이는 소리이며, 가을 전어라는 말은 말만 들어도 생선 살 한 점이 눈앞에 어른어른한다. 알밤이 익어 터지는 소리나 지붕으로 과실이 떨어지는 소리는 어떤가. 야근 후 집으로 돌아가는 버스에서 듣는 '015B' 목소리는 절로 혼술을 부르는 소리.

그렇게 듣다 보면 어느새 계절은 흘러 가을의 끝에서만큼은 책장 넘기는 소리가 들리고, 듣고 싶어진다. 지금도 가을이 독서의 계절인지는 모르겠다. 이제 누가 종이책 같은 걸 들고 다니며 읽는지 알 수 없다. 그런데도 어딘가 한 사람쯤은 가을에 책 한 권에서 지혜를 찾고 삶을 잠시 관조해보기도 할 것 같다. 가을에는 몸이 먼저 여름이 저만치 물러서고 있음을 알고 반응하니까.

어쩌다 보니 연락이 끊긴 사람에게 타전하고 싶거나 평일 하루쯤 혼자서 시간을 보내기 위해 극장을 찾거나 카페를 찾거나 더 멀리 산을 찾거나 바다를 찾아가려는 심사, 괜히 이면지 한쪽에 손글씨를 적어보거나 서랍 속에 잘 감춰두었던 편지를 꺼내 읽고, 싸이월드 사진첩에 들어가 흑역사에 젖는 청승. 모두 다 저물어가는 것의 영향 아래 있어서다. 그럴 때 책은 꽤 실용적이고 친근하며 위대해 보인다. 가령, 이런 시는 가을에 읽으면 그윽하다.

오직 비 때문에
길가
늙은 참나무 아래
멈춰선 건 아닙니다, 넓은 모자
아래 있으면 안심이 되죠
나무와 나의 오랜 우정으로 거기에
조용히 서 있던 거지요 나뭇잎에 떨어지는
비를 들으며 날이 어찌 될지
내다보며
기다리며 이해하며.
이 세계도 늙었다고 나무와 나는 생각해요
함께 나이 들어가는 거죠.

오늘 나는 비를 좀 맞았죠
잎들이 우수수 졌거든요
공기에서 세월 냄새가 나네요
내 머리카락에서도.*

그리고 가을에는 부고訃告가 온다.

짝꿍이 말했다. "살아서 조동진 공연을 단 한 번도 보지 못했다니…." 그 말을 듣자니 턴테이블에 조동진 LP를 얹어두고 친구와 술잔을 나누던 저녁이 기억났다. 나는 〈당신은 기억하는지〉를 듣기 좋아했다. '그곳에서 편히 쉬시길.' 가을에는 읽던 책 귀퉁이에 이런 문장을 적고 혼잣말로 여러 번 읽게 된다.

---

* 「비 오는 날 늙은 참나무 아래 멈춰서다」(올라브 하우게, 『어린 나무의 눈을 털어주다』, 봄날의책, 2017) 전문

당신의 생활

1

제주에서는 홀로 있었다.

낮과 밤이 뒤바뀐 생활을 하는 대신에 일찍 자고 일찍 일어나 낮에는 걷고 쓰고, 밤에는 먹고 잤다. 낮 동안에는 찾는 이 없는 실내수영장에서 혼자 수영하고, 밤에는 사람 없는 식당에 홀로 앉아 버섯볶음밥에 된장을 넣어 비벼 먹었다. 낮에도, 밤에도 말할 사람이 없어서 말하지 않고 그런 이유로 혼잣말도 삼갔다. 그때 나는 텅 비어 있었던 걸까, 가득 채워져 있었던 걸까. 말하지 않을 때 말은 속 깊이 내려가는 것이라서 내 내면에 대고 나에 관해 묻고 답하길 반복했다. 혼자서 여행을 떠나오고 보니 남들도 모르고 나조차도 관심을 두지 않았던 나 자신과 마주할 수 있었다. 묵언 수행이라도 하는 사람처럼 제주 산골짜기 숙소에서 며칠 밤을 보내며 내가 깨친 건 나는 아직 고독을 어려워하는 사람이라는 것이다. 홀로 여행하며 얻게 되는 가장 값진 것은 나라는 자유일 테지만, 그보다 먼저 얻게 되는 것은 나에 대한 질문이다. 글로 배운 고독을 실전에도 잘 응용하여 은둔자의 자유를 살아내는 사람은 얼마나 많은 홀로 되기의 시행착오를 경험한 사람일까. 그런 걸 궁리하는 것만으로도 제주의 낮과 밤은 짧고, 혼자서 하는 여행은 길었다. 내가 나를 알아가는 일은 결국 내가 너를, 내가 우리를 들여다보는 일. 해변에 앉아 바다를 보고 한적한 숲길에 떨어지는 볕과 어른거리는 그림자를 보면서 무엇보다 시를 쓰면서 '당신'을 여러 번 불러보았다.

부고를 받았다.

부고란 늘 당신에게서만 날아오는 것 같다.

2

수년 전에 멀리서 허수경 시인을 본 적이 있다. 처음이자 마지막이었다. 테이블 몇 개를 사이에 두고 떨어져 앉아 있었으므로 실제로는 그리 먼 거리도 아니었는데, 그와 나는, 아니 나는 그를 멀리 두고 있었다. 그와 나 사이에 '안개의 테이블'을 펼쳐놓고 앉아 한사코 "슬픔만한 거름이 어디 있으랴"라는 풍경을 적었다. 안개의 테이블에 마주 앉아 존재와 시간과 영혼과 육신에 관하여, 그리하여 내면이라는 당신에 관하여 이야기 나눌 수 있는 시인. 그것이 내가 외운 허수경이라는 전문全文이었다.

시를 쓰지 않을 때 그는 어떤 사람이었을까. 김밥을 싸거나 달걀을 삶을 때, 촛불 앞에 앉아 있을 때, 운동화에서 발을 빼 뒤축을 꺾어 신을 때, 바람에 날려간 모자를 줍기 위해 손을 뻗으며 달려갈 때, 대굿국 푹 익은 무에 젓가락을 찔러 넣을 때, 수돗물을 틀어놓고 울 때, 시간이 지켜온 시간을 발굴할 때, 열이 나고 코가 막히고 기침이 날 때 모국의 친구에게 편지를 띄울 때. 아쉽게도 나는 그에게 살갑게 구는 후배가 영영 되지 못했다. 말하지 못했다. 선배에게 '당신'이라는 언어를 배웠습니다.

그는 언제나 더 멀리 있는 사람. 그날 내가 보았던 허수경은 분명 누군가에게는 다정한 호칭이었으리라. 제주에서, 한밤에, 검은 숲을 내려다보며 시간을 되돌려 보았다. 힐끔힐끔 보았던 웃는 얼굴을. 먼 얼굴을. 살아가는 얼굴을. 그는 고독에 휩싸여 붓을 들고 시간의 부스러기를 털던 은둔자였으리.

나는 이제 더 이상 돌아가리라는 약속을 하지 않는 지혜를 배우고 있다. 내가 나를, 우리를 들여다보고 있는 곳, 그곳에서 나는 살아갈 것이다.*

---

* 〈시인의 말〉 (허수경, 『내 영혼은 오래되었으나』, 창비, 2001) 부분

3

제주를 떠나오며 안도했다. '혼자 가는 먼 집'에 당신이 있
어서 그랬다. 집으로 돌아간다면 혼자가 아니라 둘이서
고독을 연마하는 사람이 되리라.

제주 산골짜기를 떠나오기 전에 보았던 영화가 내내 잊
히지 않는다. 죽은 자가 산 자가 숨겨 놓은 메시지(시)를
읽기 위해 둘이 함께 살던 집에 갇혀 거듭 시간을 '회전'하
는 이야기였다. 마지막에 가서 죽은 자가 드디어 연인의
메시지를 읽을 때, 닫힌 문이 열릴 때, 영혼의 육신이 사라
질 때, 무지갯빛이 벽에 어른거릴 때, 나는 자연스레 "한
슬픔이 문을 닫으면 또 한 슬픔이 문을 여는 것을"*이라는
문장을 읊조렸다.

김포행 비행기가 구름보다 높이 떠 있을 때, 태풍을 피
해 한사코 들른 제주 책방에서 오랫동안 손에 쥐고 있었던
허수경을 제자리에 두고 온 일이 어째서 한순간 스쳐 지나
갔던 것일까.

어젯밤에는 죽으면 자작나무가 되겠던 엄마 때문에
자작나무를 볼 때마다 '아, 엄마가 저기 있구나.'라고 말하
게 된다는 이가 등장하는 극영화를 보았다. '하늘에서 너

*「혼자 가는 먼 집」(허수경, 『혼자 가는 먼 집』, 문학과지성사, 1992) 부분

를 내려다볼게.'라는 죽은 문장이 아니라 '자작나무'라는 살아 있는 단어를 사용해 자신의 영원을 염원하던 고독한 이의 눈동자를 잠시 들여다봤다.

훗날, 우리는 어떤 단어로 나를 기록하게 될까.

당신이라는 말은 구체적인가. 살아 있는가.

안녕, 하고 떠나보내는 생활

한바탕 눈이라도 쏟아질 것처럼 뿌연 날이다. 창문 너머 보이는 회색 아파트들은 텅 빈 건물들처럼 보인다. 빛나는 창문을 굳게 걸어 잠그고 모두 더 멀리 떠났다. 어떤 때는 허상이 실상을 대체하기도 한다.

마음의 집이 소란스러우면 문을 걸어 잠그는 '주거인'은 언제부터 생겨났을까. 오늘만 해도 그렇다. 별 탈 없이 연락을 주고받던 친구가 돌연 연락을 잠시 끊겠노라고 전해왔다. 마음이 잠잠해질 때까지. 당분간은 자신의 문을 두드리지 말아달라는 부탁을 받고 나는 잠시 그를 등졌다. 누군들 한때 마음의 창에 커튼을 쳐놓고 살아보지 않았을까.

며칠 전에는 십수 년을 어울려 지냈던 친구가 하늘나라로 떠났다.

그와 나는 자주는 아니지만, 종종 만나 함께 영화를 보고 차를 마시고 대화를 나누었다. 내 비밀이나 숨겨진 감정을 시시콜콜 고백할 수는 없으나 내 취향이나 그날의 감정적 동요에 관해서는 조곤조곤 이야기할 수 있는 상대였다. 그에게 나 역시 마찬가지였을 테다. 우리 우정의 모습은 오랜 세월 변모하지 않았으므로 그게 나와 그가 누릴 수 있는 최적의 것이었음은 물론이다. 깊은 우정이 있다면 얕은 우정도 있다. 우정의 활력은 깊이에서 오는 게 아니다. 그렇기에 친구를 먼저 떠나보내는 모든 비극에는 늘 같은 길이와 크기의 슬픔이 흰 커튼처럼 드리운다.

'두드리세요, 두드리지 마세요.'

그는 나와 친구들에게 암 발병 소식을 전한 지 2년여 만에 모든 연락을 중단했다. 후에 알고 보니 그의 병색은 그때부터 더 짙어졌다고 했다. 그는 저 자신을 행방불명으로 만든 후에 부단히도 살아나기 위해 애썼을 것이다. 그랬기를 바란다. 질병을 이기고 살아남으려는 자의 몸부림은 누구도 볼 수 없는 것이다. 그때 그이는 가족과 친구와 연락하지 않은 채 병든 몸을 질질 끌고 혼자서 통원 치료를 받았다고 했다. 침몰해가는 몸을 누구에게도 전시하고 싶지 않았던 그 참혹한 심정을 미련하다거나 어리석다고 할 수 있을까. 커튼이 드리워진 그의 마음의 집에도 분명 빛나는 전구가 매달려 있었으리라.

2018년 11월 5일 15시 06분. 그의 사망이 공식적으로 확인됐다.

그의 누이로부터 연락을 받고 몇몇 친구들과 함께 고인의 빈소를 찾았다. 정신이 잠깐 돌아온 그가 보고 싶은 친구들의 연락처를 공책에 적어주었다고 했다. 그 순간 나

는 어리석게도 그가 썼다는 글씨가 보고 싶었다. 삐뚤삐
뚤하게 적혔을 그 이름들을.

　나는 생전에 그를 이름으로 불러본 적이 없다. 그와 나
는 한 온라인 동호회에서 만났으며 그곳에선 그도 나도
다른 이름을 가지고 있었다. 그도 나도 서로의 본명을 알
고 있었으나 우리는 계속해서 서로를 애칭으로 불렀다.
우리는 불리던 이름이 아니라 불리고 싶던 이름으로 우정
을 쌓았다. 때로는 닉네임이 실명보다 더 실제 존재에 가
닿아 있기도 하다.

　유달리 덩치가 좋던 그가 마지막에는 미라처럼 변해 앉
지도 서지도 못했다는 이야길 들었다. 육신이 가벼울수
록 영혼은 무거워진다는 건 듣기엔 그럴듯해도 참으로 고
통스러운 말이다. 그 고통에서 탈출하여 평온하게 빛나는
두 눈을 걸어 잠갔을 몸의 주거인을 머릿속에 그려보았
다. 눈은 마음의 창이라고 했던가. 두 눈을 감고 있는 사람
은 저 자신을 죽음으로 슬며시 옮긴 사람이리라. 우리는
꿈속에서 소리친다.

　'두드리지 마세요, 두드리세요.'

　오늘처럼 첫눈을 기다려보기도 처음이다. 사이토 마리
코의 「눈보라」 속 소녀들이 그러했듯 단 하나의 눈송이만

을 바라보고 싶다. 끝내 지상에 닿아 사라지는 그것을 응시하고 싶다. 응시란 멈추는 말, 침묵의 이음동의어다. 흰빛을 보고 싶다. 눈이 사라지면 흰빛은 어디로 가는 걸까. 인간의 생애에 관한 이 진실한 문장을 셰익스피어는 어떻게 쓰게 된 걸까.

그날, 영정 속 얼굴에는 흰빛이, 뿌연 빛이 어른거리고 있었다. 친구의 얼굴은 마치 이미지가 녹아 흩날리며 생기는 기체에 휩싸여 있는 듯 보였다. 사라질 듯 사라지지 않는, 사라진 듯 사라지지 않는. 그렇게 이미지는 여기와 저기를 접속한다.

1

눈보라 속 저쪽에서 사람이 걸어온다. 저 사람 역시 지금 '눈보라 속 저쪽에서 사람이 걸어온다.' 하고 생각하고 있을 것이다. 무릎보다 높이 쌓인 눈. 사람이 가까스로 빠져나갈 만한 좁다란 길 양쪽에서 나와 그 사람은 서로 마주 보며 걸어가는 거다. 사람들은 언제 맞스치기 시작하는 것일까? 그것은 이미 시작됐는가? 하여튼 둘은 서로 다가간다. 지상에 단둘이만 남겨져버린 것처럼 마침내 마주친 그 순간, 한 사람이 빠져나가는 동안 또 한 사람은 한편으로 몸을 비키며 멈추어 서서 길을 양보한다. 그때 둘이는 인사를 주고받는다.

그것이 내 고향 설국의 오래된 습관이다.

"눈보라 속 저 멀리서 사람이 걸어온다." 그것을 인정했을 때부터 이미 맞스치기는 시작된 것이다. 누가 먼저 길을 양보하느냐는 그때가 와야 알 수 있다.

나는 한때 그런 식으로 눈보라 속 멀리서 걸어오는 조선의 모습을 만났다.

아직도 같은 눈보라 속을 다니고 있다.

2

수업이 심심하게 느껴지는 겨울날 오후에는 옆자리 애랑 내기하며 놀았다. 그것은 이런 식으로 하는 내기이다. 창문 밖에서 풀풀 나는 눈송이 속에서 각자가 눈송이를 하나씩 뽑는다. 건너편 교실 저 창문 언저리에서 운명적으로 뽑힌 그 눈송이 하나만을 눈으로 줄곧 따라간다. 먼저 눈송이가 땅에 착지해버린 쪽이 지는 것이다. "정했어." 내가 낮은 소리로 말하자 "나도" 하고 그 애도 말한다. 그 애가 뽑은 눈송이가 어느 것인지 나는 도대체 모르지만 하여튼 제 것을 따라간다. 잠시 후 어느 쪽인가 말한다. "떨어졌어." "내가 이겼네." 또 하나가 말한다. 거짓말해도 절대로 들킬 수 없는데 서로 속일 생각 하나 없이 선생님 야단 맞을 때까지 열중했다. 놓치지 않도록. 딴 눈송이들과 헷갈리지 않도록 온 신경을 다 집중시키고 따라가야 한다. 다른 모든 눈송이와 아주 비슷하게 생긴 단 하나의 눈송이.

나는 한때 그런 식으로 사람을 만났다. 아직도 눈보라 속 여
전히 그 눈송이는 지상에 안 닿아 있다.[*]

먼지가 순순히 내려앉은 시집을 다시 꺼내 읽으며 나는
잠시 내 곁에서 사라진 친구와 영원히 떠나간 친구를 불러
세워 보았다. 두 사람은 같은 듯 다른 사람이고 다른 듯 같
은 사람이다. 마음속 전구의 스위치를 올렸다 내렸다 하
며 둘은 누군가에게 신호를 보내고 있다. 있었다.
　'두드리지 마세요, 두드리세요.'

---

[*] 「눈보라」(사이토 마리코, 『단 하나의 눈송이』, 봄날의책, 2018) 전문

귤이 귤 같지 않은 생활

사무실 책상 위에 귤을 하나 놓아두고 있다. 열흘째다. 이제 음식물이라기보다는 장식품에 가까워진 귤을 업무와 업무 사이에 가만히 본다. 그때 귤은 귤이 아니라 딴생각이 담긴 상상의 완구 같은 것이 된다.

거기 있음이 낯선 것에서 우리는 색다른 의미를 찾아내곤 한다. 시내 한복판에 설치된 망치질하는 거인이나 알록달록한 소라 모형. 시멘트 담을 넘어 자란 어느 집 감나무 한 그루가 도심 골목에 만들어내는 고즈넉함은 '어울림'에 관하여 고심하게 한다. 행인의 머리 위로 무심히 툭 떨어지는 '감 폭탄'은 어떤가. 그것은 하루의 재수를 점치는 가운데 인간이 자연을 이루는 족속에 불과함을 알려준다.

오늘은 수분이 날아가면서 한층 더 쪼글쪼글해진 귤피를 보면서 내 사사로운 생활을 돌아보았다. 시간을 쓸모 있게 쓰고 있는가. 일하는 도중에 일을 떠맡고, 마감하는 와중에 마감이 돌아오다 보니 몸도 마음도 지쳐가고 있다. 몹쓸 노릇은 그런 이유로 해야 할 일을 자꾸만 미루고 있다는 사실. 심신이 미약하여 마감 기한이 지나도 훨씬 지난 원고를 계속해서 붙들고 끙끙거리고 있으니… '원고 마감질환'을 치료하기 위해 복약지도라도 받아야 할 판이다(여보세요, 거기 누구 없소!).

어른은 어떻게 되는가.

써야 할 글의 주제다. 학창시절 교실에서 품었던 남다른 감정이 어떻게 '어른의 자양분'이 되었는지, '시'는 어쩌다 탄생했는지를 간략히 적어 보내면 되는 원고를 수개월째 털지 못하는 일은 과연 어른스러운 걸까, 어른스럽지 못한 걸까. 귤 하나에 어른이 되는 삶을 고민해보았다(고민할 시간에 썼더라면, 하고 편집자 선생님은 혀를 차겠지만…).

진정한 어른은 누군가에게 생각의 실마리를 건네주거나, 부스러기기 쉬운 소라 껍데기로도 단단한 불의의 못을 박을 줄 아는 사람이며, 주렁주렁 매단 지혜의 여물을 어린 까치들에게도 나누어줄 줄 알고, 고민이 많아 우왕좌왕인 짐승을 앞에 두고 툭, 한마디 말로 생각을 정리하게 해주는 사람은 아닐는지. 그런 사람이라면 하기로 한 일은 차근차근 처리하고, 하지 못할 일은 정중히 사양하는 얄팍한 덕을 갖추고 있을 것이다.

어른은 그토록 더 멀리 있는 것. 한때 생각이 행동을 따라가지 못하고, 행동이 생각을 따라가지 못하는 날들이 반복되어 마음과 몸에 병이 생긴 엄마는 '움직임'을 잠시 잃고 한자리에 꼼짝없이 누워 있는 일을 '괴로운 기쁨'으로 여겼다. 속 시끄러운 자식에게 툭, "세상, 바쁘게 살지

마."라고 일갈했다. 이제는 빠른 행보가 아니라 몸이 느려서 바쁜 행보를 보이는 엄마는 언제부터 어른이었을까. 엄마의 무릎관절은 대관절 다 망가질 때까지 왜 어른스러운 척을 하는 도구여야 했을까. 가사노동을 일삼으면서도 가정집을 개조해 오랫동안 식당을 일구어온 사람은 가끔 어딘가를, 무엇을 바라보며 딴생각을 하였을까.

햇빛 들어오는 창가에 앉아
창밖을 보며 귤을 먹다가

찡긋,
눈을 감는다.

해님이 눈부셔.
아우, 귤이 셔.*

동료가 '오늘은 귤처럼 향긋한 하루를!'이라는 글귀가 적힌 쪽지와 함께 작은 귤 하나를 손에 쥐여주었다. 열흘이 된 귤과 막 책상에서 하루를 시작한 귤을 두고 보다가

---

*「해와 귤」(정유경, 『까불고 싶은 날』, 창비, 2010) 전문

시간에 힘입어 따듯해진 귤을 까먹었다. 먹으면서, 책상 위에 작은 귤 하나, 보았다. 요즘 노지귤 한 상자는 만 원이 채 되지 않는다는데… 귤 한 상자가 만 원을 넘지 않는다는 사실은 괜찮은 걸까. 어른이란 자본이 매겨놓은 값어치에 관하여 종종 궁금해하는 사람, 귤 하나에 담긴 하늘과 바람과 별과 손길에 다른 값어치를 매길 순 없을지, 어울림에 관하여 고민하는 사람이다. 그런데, 그나저나, 귤은 차가운 과일일까, 따뜻한 과일일까.

여행 생활

겨울 바다에 다녀왔다.

　기차를 타고 강릉으로 가면서 '나는 그것에 대해 아주 오랫동안 생각해'라는 말을 여러 번 궁굴려보았다. 저 문장은 김금희 소설가의 책 제목이기도 하다. 짧은 소설 여러 편을 모아놓은 책은 진즉에 다 읽었는데, 밑줄을 그은 문장들 중에서도 유독 저 문장이 오래 기억에 남았다. '그것의 자리'에 그것이 아닌 단어를 바꿔 넣으며 새로운 문장들을 만들다 보면 작가가 이 문장을 쓰기 위해 며칠을 고심했을지, 친구 금희의 수척한 안색이 떠오르기도 하고 무엇보다 누군가, 어딘가, 무언가를 아주 오래 생각하며 감정에 충실했다.

　나는 겨울 바다에 대해 오랫동안 생각해, 나는 파도에 대해 오랫동안 생각해, 나는 모래성에 대해 오랫동안 생각해, 나는 조개껍질에 대해 오랫동안 생각해, 나는 시간에 대해 오랫동안 생각해, 나는 영원에 대해 오랫동안 생각해… 여운이 긴 문장 하나를 들고 여행길에 오르는 자가 진정한 방랑자라고 말한다면 어떨까. 계획도 없고, 읽을 책도 없고, 쓰기 위한 노트북도 없는, 옷과 세면도구뿐인 여행가방을 메고 기차를 오르내리면서 여행에 대해 오랫동안 생각했다. 여행을 떠나와서 여행을 생각하는 일도 여행자의 일과에 포함된 것일까.

숙소에 짐을 풀고 해가 뉘엿뉘엿 지는 경포해변을 걸을 때는 바람이 차고, 저녁 물빛이 그윽하여 옛 생각을 했다. 재작년 겨울에는 경포해변이 내려다보이는 곳에서 서더리탕에 밥을 말아 먹으면서 '영원의 머리가 든 매운탕'에 대해 오랫동안 생각했다. 얼큰하고 시원하여 내세를 앞두고 다짐하였다. '다음에는 더 멀리 가게 하소서.' 밤에 혼자 해변을 걷는 사람을 떠올리다가 밤의 해변을 혼자 걸었다. 그때 본 조악한 불꽃놀이가 그토록 환하게 보였던 건 젊음의 환호성 때문이었으니, 마침 경포해변을 같이 걷던 동반자도 세월에 대하여 내게 조용히 말을 건넸다. 그때 강릉은 다 사라졌구나….

이튿날에는 강문해변에서 안목해변을 향해 걷다가 강문 끝자락에서 이름을 발견했다. 병훈과 승희였다. 이름들은 거대한 하트 속에 있었다. 병훈과 승희를 되돌려보았다. 두 사람은 언제 어디에서 어떻게 만나 이곳 강문해변까지 와서 모래사장에 사랑의 증표를 남기게 된 것일까. 연인들이 남긴 흔적은 언제부터 사라지는 걸까. 둘만의 하트에 감히 침범할 수 없어서, 하트를 빙 돌아갔다. 사랑에 대해서 오랫동안 생각했다. 사랑하는 사람과 여행을 떠나와서 사랑을 생각하는 일은 연인의 일과에 포함된 것일까.

우정 여행 중에 우정이 깨지고, 사랑 여행이 이별 여행이 되어버리는 알 수 없는 인간사에까지 잡념이 뻗치다 보니 어느덧 안목커피거리에 서게 되었다.

'보사노바'라는 다방에서 흘러나왔던 노래 한 곡이 잊히지 않는다. 칼라 보노프의 〈the water is wide〉다. "바다가 너무 넓어 건널 수가 없어요. 배를 주세요. 두 사람이 탈 수 있는 배를. 둘이 노 저어 갈게요. 내 사랑과 내가"라는 노랫말을 「두려움 없는 사랑」이라는 시에 빌려 적었는데, 지금 나와 함께 창밖의 바다를 내다보는 사람을 머릿속에 그리며 적은 시였다. 우연에 대해서 오랫동안 생각했다. 시를 쓰기 위해 메모했다. 쓰지 말자 다짐하고 여행을 떠나와서 쓰기를 생각하는 일은 작가의 일과에 포함되는 것일까. 기억할 만한 문장 하나를 마음의 품에 넣어 지니고 다니는 사람을 진정한 여행가라고 부른다면 이상할까.

바람이 지나가고
벚꽃잎이 떨어진다
이 기차는 나를 어디엔가는

데려다줄 것이다

떨어진 벚꽃 위로
떨어지는 벚꽃의 얼굴이 한순간 반짝인다
나는 올려다본다
스카 라스카 알라스카

단단하고 하얀 이름이 입속에서
조금씩 녹아내릴 때
내가 낼 수 있는 최대한의 또렷한 목소리로
너의 이름을 불러보았다

한 꽃송이였다가 흩어지는 벚꽃잎들

이 기차는 나를 언제인가는
데려다줄 것이다
어떤 약속도 없이 매달려 있는 벚꽃잎의
무성한 색깔

스카 라스카 알라스카
바람이 지나가지 않아도
벚꽃잎이 떨어진다

반짝임이 사라지고
기차는 종착역에 닿는다

내가 불렀던 너의 이름이
벚꽃잎의 색깔과 함께 흩어지듯이
우리가 만났던 도시가 녹아내려
지구의 물이 되듯이*

순전히 잘 걷기 위한 여행을 마치고 집으로 돌아오며 올려다본 서울 밤하늘은 느닷없이 맑고 투명했다. 무슨 이유일까. 나는 그것에 대해 아주 오랫동안 생각했다. 올해는 어딘가로 떠났다가 돌아오는 그것을 여행이라는 말 대신에 생각이라고 부르면 좋으리. 2박 3일 '강릉 생각'이라는 말이 꽤 그럴싸하게 들렸다. 마지막 날 걸었던 '정동심곡바다부채길'에서는 또 다른 여행을 예감했으므로, 간단히 문을 열고 들어왔다. 드디어 집으로 돌아온 것이다.

---

*「언제인가 어느 곳이나」(하재연, 『세계의 모든 해변처럼』, 문학과지성사, 2012) 전문

어느새 내 나이도 희미해지는 생활

마흔이 됐다. 작년에 서른아홉이었으니 마흔이 되는 일은 놀랄 일도 아닌데, 어느새, 하며 놀랐다. 돌이켜보면 스무 살도, 서른 살도 다 어느새 왔다가 어느새 갔다. 스물한 살부터는 스무 살을 거들떠보지 않고, 서른한 살부터는 서른 살을 거들떠보지 않다가 스물아홉이 되면 스무 살을 살피고, 서른아홉이 되면 서른 살을 살피고… 이런 식이라면 마흔한 살부터는 마흔을 거들떠보지 않고 마흔아홉이 되어서 마흔 살을 살피게 되겠지… 이런 식이라면 인간의 생애란 두 살부터는 생을 잊다가 죽을 때가 되어서야 지금까지의 생을 돌아보게 되는, 그저 '어느새'일 뿐. 공연히 숨을 깊이 들이마셨다가 내쉬었다.

마흔이란 어떤 나이일까. 스물이나 서른 즈음에도, 마흔 즈음에도 별다른 생각이 없더니 덜컥, 마흔이 되고 보니 나이의 의미를 헤아리게 된다. 멋쩍다. 마흔은 그런 나이인가. 마흔이 되니 세상 사는 재미란 뭘까, 음주와 가무의 참 멋이란 뭘까, 지금까지 풍류가 궁금해지고, 돌연 금주를 선언했다(응?). 마흔은 그런 나이인가. 마흔이 되니 뜨거운 물에 몸을 담그고 유유자적하는 환희를 알게 되어 욕조가 있는 숙박업소를 자주 검색해보곤 한다. 마흔은 그런 나이인가.

'흔'이라는 단어 때문인지 마흔은 어쩐지 흔(헌) 것 같고, 흔한 것 같고, 흔들릴 것 같다. 그런 흔적을 남기는 순간인 듯 여겨진다. 공자 왈, 마흔에는 "세상일에 미혹되지 아니"한다는데, 마흔은 좀처럼 흔흔한 나이이거나 흔쾌한 순간처럼 다가오지 않는다. 오늘날 마흔은 세상 모든 일에 대하여 시비분변是非分辨을 할 수 없고, 감정 또한 적절하게 절제할 수 없는 나이로, 쉽게 미혹되는 때인 것 같다.

요즘 출판계는 마흔이 대세라는데, 괜한 일도 아닌가 싶다. 나이를 염두에 두고 살기에 우리네 생활은 신속하고 정확하게 시작되고 끝이 나지만, 나이를 계속해서 상기시키는 것으로 어떤 자본의 바퀴는 굴러간다. 마흔에 해야 할 것, 마흔에 모아야 할 것, 마흔에 버려야 할 것, 마흔에 지켜야 할 것, 마흔에 먹어야 할 것, 마흔에 다스려야 할 것, 마흔에…… 자기계발과는 거리가 먼 진짜 마흔 살 인간들은 어디에서 어떻게 사는 걸까?

나보다 앞서 마흔 살을 맞은 친구들은 대체로 마흔을 이렇게 (설명하기) 시작했다. '서른 살에는 몸에서 슬슬 신호를 보내잖아, 마흔 살에는 훅, 들어온다.' 그러니까 뱃살을 자연히 달고 사는 마흔들은 지금 그곳에서 훅, 훅, 사는 건가. 마흔이 되니 마흔이 궁금해진다. "어느새 내 나이도 희미해져버리고. 이제는 그리움도 지워져버려. 어느새 목마른 가슴 모두 잃어버린 무뎌진 그런 사람이 나는 되어만 가네." 이런 노랫말도 훅. 김광석의 〈서른 즈음〉은 마흔에 들어야 제맛이라는 이도 있고, 시인 고정희는 "땅바닥에 침을 퉤, 뱉어도/그것이 외로움이라는 것을 안다… 그것이 슬픔이라는 것을 안다"고 사십 대를 노래했다. 과연 마흔은 그런 나이인가. 그렇다면 당신은 마흔과 더 멀리 떨어져 있는가. '마흔 지수'를 점검하는 시를 한번 읽어보자.

한몸인 줄 알았더니 한몸이 아니다
머리를 받친 목이 따로 놀고 어디선가 삐그덕
나라고 생각하던 내가, 내가 아니다
딱 맞아떨어지지 않는다 언제인지 모르게
삐긋하기 시작했다 머리가 가슴을 따라주지 못하고
충직하던 손발도 저도 몰래 가슴을 배반한다
한맘인 줄 알았더니 한맘이 아니다
늘 가던 길인데 바로 이 길이라고,
이 길밖에 없다고, 나에게조차 주장하지 못한다
확고부동한 깃대보다 흔들리는 깃발이 살갑고
미래조의 웅변보다 어눌한 현재진행형이 나를 흔든다
후배 앞에서는 말수가 줄고 선배 앞에서는

그가 견뎌온 나날만으로도 고개가 숙여진다
실행은 더뎌지고 반성은 늘지만 그리 뼈아프지도 않다
모자란 나를 살 뿐인, 이 어슴푸레한 오후*

나로 말할 것 같으면… 빼도 박도 못하게 마흔 즈음. 당신의 마흔 지수는 어떤가. 그때는 알지 못했지만, 이십 대에 김민기의 〈봉우리〉를 들으며 눈물짓던 후배 임수연 님은 그때부터도 마흔 지수가 높은 거였구나, 지금은 알 수 있다. 아, 마흔은 과연 그런 오후인가.

---

*「마흔 즈음,」 (김해자, 『축제』, 애지, 2007) 전문

나를 들여다보는 생활

이십 대 취업준비생과 짧게 대화 나눌 일이 있었다. 대학을 졸업하고 본격적으로 취업 전선에 뛰어들기 전에 그녀는 자신이 가고자 하는 길을 탐색 중이라고 했다. 구구절절한 이야기였지만, 줄여 말하면 내 맘 나도 몰라 우왕좌왕. 밝은 낯빛임에도 불구하고 목소리가 어두컴컴했다. 자신은 분명 미래를 위하여 시간을 보내고 있는데, 남들은 자신이 아무것도 하지 않고 있다고 치부한다는 것이었다. 그녀는 그런 사람들 때문에 덩달아 마음이 불안해지고 속이 상한다는 말을 전하며, 아무것도 하지 않는 시간도 중요한 게 아니냐고 나에게 항변했다.

"그럼요, 그렇고말고요." 정답은 짧게.

나는 최근 들어 알게 된 기쁨 몇 가지를 그녀에게 알려주었다. 아무것도 하지 않는 사이에 발생한 기쁨들이었다. 일테면, 방바닥에 드러누워 있기. 방바닥에 등을 쩍 붙이고 천장을 바라보는 것이다. 고요함 속에서 잠도 자지 않고, 음악도 틀어놓지 않고, 휴대전화도 들여다보지 않고 그저 누워 있는 일. 그때 머릿속에서 부풀어오르는 생각, 그 순간 어루만지게 되는 감정, 그 시간 입안에서 맴돌아 발음하게 되는 언어가 가져다주는 성찰은 근사하다.

생각이 생각으로, 감정이 감정으로, 언어가 언어로 이어지는 즐거움은 뜻하지 않은 시간과 장소에 있기도 하다.

이런 '교실의 풍경'은 또 어떤가.

문영아
네가 책상 위에 사과 한 알 올려놓고 사라지는 걸
나는 보았다

멀리서도 가을이구나

너는 없지만
야자시간에 교실 두 번째 창에 우리가 썼던 편지는 아직 그
대로 있단다
우리의 겨털은 자랑이 될 수 있다
거기에서도 함께 입김을 불고
쓰는 이가 있니
문영아

책상 위에 붉은 것을 두면 성적이 오른다는 말
참말이니
나뭇잎을 모아서 서랍에 두었다
우리는 잘 썩어야 할 텐데
낙엽 사이로 네가 손을 쑥 내밀어주면
손을 꼭 잡고 싶다

문영아
너랑 나랑 손에 실을 걸고 하던 놀이
우리 둘이 돌려보던 책
바꿔 입던 체육복도 물에 젖고 말았다

네가 끝까지 이름을 말해주지 않았다면
사과를 슬픔이라 불렀을지도 모르고
네가 끝까지
이름을 말해주어서
나는 너를 문영이라고 부른다

그런데 문영아
너는 그곳에서 내 이름을 어디에 썼다 지웠다 하니
내 어깨를 빌려주고
내 입술을 놓아주면, 성적이 오를까
이런 생각은 왜 떠나질 않는 걸까
학생

가까이 봐도 가을이구나
네가 여기 있다면
지붕에 올라가 어슬렁거릴 텐데

두 마리 그림자처럼

바람에 흔들리는 과실처럼
눈도 없고 코도 없고 입도 없이
툭, 떨어질 텐데, 살아 있을 텐데

너는 나만 볼 수 있는데
책상에 펼쳐놓은 걸 나만 빼고 다 본다
슬프잖니?*

교실에 있는 사람이 교실에 없는 한 사람의 안부를 궁금
해 한다. 이제 여기 없는 사람을 마치 여기 있는 듯 여기며
다정하게 말 거는 사람은 그를, 그의 부재를 어떻게 견디
고 있는 걸까. 그에게 지금, 시간은 흐르는 것이 아니라 잠
시 고여 있는 것이다. 사랑하는 이를 잃어본 경험이 있거
나 그런 불길한 상상을 해본 사람이라면 알리라. 우리는
부재와 부재 사이에서 부유하고 있다. 어쩌면 생애란 그처
럼 부질없는 것. 그러나 텅 빈 교실에서, 적막한 사무실에
서, 불 꺼진 방에서, 달리고 멈추기를 반복하는 이동수단
에서, 특별한 이유도 없이, 불쑥, 잠시 생의 본질을 생각하
는 사람이 결국에는 살아 있는 사람이다. 살아 있다는 것

* 「홍옥」(김현, 『어른이라는 뜻밖의 일』, 봄날의책, 2019) 전문

은 살아 있음으로 부질없지 않다.

가만히, 정처 없음.

그 순간에 정신은 분주히 움직인다. 나와 먼 죽음을, 나와 먼 타인을 탐구하는 것이 내 생각을, 내 감정을, 내 언어를, 내 삶을 물끄러미 들여다보는 일임을 안 직후부터 나는 타인에게 열린 이목구비를 갖추게 되었다. 이목구비가 활짝 열려서 끝까지 듣고, 숨은 것까지 보고, 필요할 때 말하고, 함께 호흡하는 사람. 그런 사람의 탄생 배경에는 그러니까 아무것도 하지 않는 순간이 필수적이다.

반복되는 생활의 오선지에서 벗어나 제멋대로 리듬을 만들어내는 음표가 '멈춤'임을 나는 뒤늦게 알아챘다. 해야 함 속에서 발견하고 얻게 되는 재미와 의미만큼이나 하지 않음으로 찾게 되는 재미와 의미에 대해 일찍이 '곰돌이 푸'는 말했다.

"아무것도 안 하다 보면 대단한 뭔가를 하게 되지."

언젠가 한 마을 청년 프로젝트 그룹과 인터뷰하면서 나는 "늘 꿈과 열정을 가지고 무언가를 향해 나아가야 하는 시기를 대개들 청춘이라고 말하는데, 제 경험에 의하면 청춘은 어딘가를 향해 계속해서 나아가지 않고 잠시 멈춰 서서 어디쯤 왔나, 어떻게 이곳까지 왔나, 이제 어디로 가야 하나, 나만 이곳까지 왔나, 다른 이들은 어디에 있나, 멈춰서서 둘러봐도 늦지 않는 때다."라고 이야기했었다. 멈춰설 수 있다는 것도 청춘이 누려야 할 기쁨 중에 하나라고. 그리고 지금은 이런 말을 보태고 싶다. 인생은 멈춰 설수록, 제자리걸음을 자주 할수록 더 멀리 나아가는 것이라고.

어제는 퇴근길에 발길을 멈춰 세우고 꽃이 활짝 핀 나무를 올려다보았다. 홀로인 듯 여럿인 희고 풍성한 생의 감각에 몰입하여 자문해보았다. 나는 누구, 여긴 어디. 이제 여기 없는 벗의 목소리가 이렇게 들려왔다. "슬퍼하지 마세요. 하얀 첫눈이 온다고요." 대화하고 싶었다. 기쁘잖니. 대단한 뭔가를 하게 되었다.

읽고 쓰는 생활

비가 멈추고 구름이 걷히고 별빛이 작은 창으로 든다. 이곳은 도시가 아니고, 내 집이 아니며, 나는 스탠드 조명에 의지한 채 책상 앞에 홀로 앉아 있다. 고요한 밤이다. 하루를 한 장의 이미지나 한 줄의 문장으로 정리하는 것이 습관인 사람이 거울 속에 보이고 나는 소리 없이 그를 마주하고 있다. 낯선 곳에서 내 얼굴은 나에게도 익숙하지 않다. 침묵은 모든 걸 낯설게 한다. 김은지 시인의 『책방에서 빗소리를 들었다』라는 시집을 펼쳐 읽기도 전에 제목에 붙들렸다.

책방에서 빗소리를 듣고 있는 이는 혼자다. 책방에서 홀로 빗소리를 듣는 이는 쓸쓸하지 않고 평온하다. 그이가 책으로 둘러싸여 있다는 사실 때문. 책으로 둘러싸인 이가 읽던 책을 덮고 가만히 자연을 감상 중이다. 그때 그 얼굴은 오로지 침묵으로 자연에 밑줄을 긋는다.

책에 파묻혀 빗소리를 듣고 싶어졌다.

생동감 넘치는 자연의 사운드에 귀를 기울이고 침묵에 빠져들었다가 텅 빈 종이 위에 문장 한 줄을 적는 이를 누군가는 시인이라 부르고, 어떤 이는 (위대한) 시를 "침묵 속에 박아 넣은 모자이크"(막스 피카르트, 『침묵의 세계』 중에서)라고 명명했다. 위대한 시에 관한 정의에 동의하든

동의하지 않든지 간에 시가 말로만 이루어지는 것이 아니며 시의 토대가 침묵이기도 하다는 생각은 긴 여운을 남긴다.

오래, 자주 잊곤 하지만 우리는 시를 통해 지금 여기 없는 말에 눈 돌린다. 바로 침묵에.

시는 원초적으로 말하는 경험이 아니라 침묵하는 경험이다. 시를 읽으면 말이 승하지 않고 침묵이 승하는 이유, 시를 읽다가 '말로는 설명할 수 없는' 느낌을 전해 받는 것은 모두 '헐' '대박' '짱' 같은 줄임말로는 쉬이 얻을 수 없는 침묵을 체험해서이다. 말이 내 내면에 가닿는 가장 빠른 지름길이라면, 침묵은 내 내면에 가닿는 가장 먼 길. 하여 시를 통해 마주하게 되는 나는 더 멀리 있는 나다.

내 마음은
비 오는 날을 위해
만들어졌다

난 내일 필 거야
그건 벚꽃의 계획

그러나 가지마다

다랑다랑
빗방울 꽃 피는 것을

몰랐다
이렇게 예쁜데
왜 비 오는 날마다
보러 나오지 않은 거지

나는 너무 내 마음을 몰랐다

비가 와서 산에 안 가고
서점엘 갔다
그래서 비가 온 것이
그렇게 좋았다

지붕을 내려다본다
지붕은
비 오는 날을 위해
뾰족한 모양을 하고 있다

내 마음은
비 오는 날을 위해
만들어졌다[*]

누구나 시집을 펼쳐 읽는다.

비가 와서 산에 가지 않고 서점엘 가는 게 좋은 이가 벚꽃의 계획을 듣고, 빗방울 꽃이 예쁜 줄 알게 되고, 뾰족한 지붕의 타고난 기능을 깨닫고, "나는 너무 내 마음을 몰랐다"라고 마음을 담담하게 돌본다. 자연의 공간(산)이 아니라 예술의 공간(책방)을 통해 마침내 내 마음이 태동한 연유를 이해하는 이가 나나 당신이 아니라면 누구겠는가. 그 비 오는 날 홀로인 자가 나이고 당신이다.

시는 누구나 펼쳐 읽는다.

시는 공평하다. 시는 자신 앞에 선 자가 누구든 그를 '나'로 만든다. 그때 나는 '나는 나를 너무 몰랐다'라고 말하는 존재다.

말의 신비로운 점은 말을 거친다는 것이며 침묵의 신비로운 점은 침묵을 꿰뚫고 나간다는 것이다. 그리고 시의 가장 신비로운 점은 시가 아닌 것 속에서 탄생한다는 것. 헐, 대박, 짱에 시가 있다. 비, 구름, 별빛에 시가 있다. 책에 파묻힌 자는 그 자체로 침묵 속 모자이크 같지만, 그 자체

---

*「책방에서 빗소리를 들었다」(김은지, 『책방에서 빗소리를 들었다』, 디자인 이음, 2019) 전문

로 시가 되지 않는다. 시는 말함으로써 침묵한다.

오늘은 종일 말하지 않았다. 홀로 걷고 먹고 우산을 폈다 접었다. 꽃비가 떨어지는 나무 아래 서 있었고 꽃잎을 줍진 못했다. 모두 젖어 있었다. 비가 오지 않았더라면 한 번도 가본 적이 없는 서점에 갔을 것이다. 그곳에서 빗소리를 들었더라면 어땠을까. 한 번도 가보지 않은 공간, 한 번도 겪어보지 못한 경험. 시는 그렇게 우리 가까이에 있다. 밤. 혼자. 산과 바다와 들이 있는 곳.

타지에서 나는 홀로였으나 마침내 다시 혼자가 되어서 들었다. 침묵이 한 방울, 두 방울씩 떨어져 내려 말의 지붕을 타닥타닥 두드리는 소리를. 지금 여기에서가 아니라 조금 전 어딘가에서, 누군가에게 벌어진 침묵에 관해서, 닫힌 말에 관해서, 어디에도 없던 마음에 관해서, 시에 관해.

우리는 오늘 밤 쓴다.

더 가까이 다가가는 생활

"멀리 있는 걸 보면 눈이 좋아져."

지붕 위에 누운 한 소년이 곁에 있는 어린 여동생에게 말한다. 두 사람은 별을 올려다보고 있다. 곧 여동생은 손가락을 펴서 별똥별을 가리키며 외친다.

"떨어진다!"

반짝이는 것과 떨어지는 것 중에 우리에게 더 가까운 건 무엇일까. 영화를 보다가 생각이 번져서 '둘 중 하나 놀이'를 연이어 해보았다. 이런 식이다.

책상 밑에 쌓인 먼지는 가벼운 걸까, 무거운 걸까. 유리창에 비친 나무는 집 안에 있는 것일까, 밖에 있는 것일까. 헤어질 때 손을 흔드는 사람과 고개를 숙이는 사람 중에 더 다정한 이는 누구일까. 뺨을 타고 흘러내리는 눈물은 내게서 멀어지는 것일까, 가까워지는 것일까. 작은 것들을 위한 시와 큰 것들을 위한 시는 같을까, 다를까. 그리하여 산다는 것은 거창한 것일까, 소박한 것일까.

가끔은 평소에 해보지 않고, 받아보지 않았던 질문을 자신에게 던져보면서 나를 무한히 넓혀보기도 하고 좁혀보기도 하는 게 좋다. 어디에 좋으냐고 묻는다면 눈에 좋고, 코에 좋고, 귀에 좋다. 왜 좋으냐고 묻는다면 그럴 때 우리는 못 보던 걸 보고, 맡지 못하던 냄새를 맡고, 듣지 못하던 걸 듣는다.

　나는 오랜 시간 곁에 있던 이의 정면이 아니라 저만치 떨어져 선 그의 뒷모습에 관해 묻고 답하다가 "가까이 앉아서 우리는/ 서로의 얼굴을/ 알아보지 못했다"라고 시에 적었다. 식사를 영양소를 섭취하는 과정으로만 여기지 않는 이가 멀찌감치 떨어진 곳에서 풍겨오는 밥 냄새에 고개 숙이고, 계절이 소리 없이 지나가는 걸 궁금해하는 사람이 나무가 아니라 나무의 그림자에 귀 기울인다. 그늘에 귀를 대고 누워 있노라면 누구나 어딘가, 하는 마음이 되어 "바람이 분다, 살아야겠다" 하고 폴 발레리의 시구를 읊조린다. 시인을 몰라도, 시를 몰라도, 속삭이게 된다. 어딘가 아름다운 시는 없을까.

　　어딘가 아름다운 마을은 없을까
　　하루 일 마치고 흑맥주 한 잔 기울일
　　괭이를 세워두고　바구니를 내려놓고
　　남자고 여자고 큰 잔을 기울일

　　어딘가 아름다운 거리는 없을까
　　주렁주렁 열매 맺힌 과실수가
　　끝없이 이어지고　제비꽃 색 황혼

상냥한 젊은이들 열기로 가득한

어딘가 사람과 사람을 잇는 아름다운 힘은 없을까
동시대를 함께 산다는
친근함 즐거움 그리고 분노가
예리한 힘이 되어 모습을 드러낼*

눈앞이 점점 컴컴하게 될 거라는 진단을 받고도 책을 읽고 시를 짓는 일을 게을리하지 않는 동생을 안다. 그와 나는 동시대인이다. 그와 함께 지붕 위에 올라 별을 본 적은 없지만, 그의 눈을 부러 오래 들여다본 적은 있다. 그와 마주하고 앉아 있노라면 금세 말수가 적어지고 목소리가 낮아지고 귀가 작게 오므라들었다. 어디 멀리서 들려오는 것을 듣기라도 하듯이.

그를 눈에서 멀어지는 사람이라고 할까, 귀에 가까워지는 사람이라고 할까.

언젠가 한번 그가 자기 시를 소리 내어 읽는 모습을 본 적이 있다. 글자가 인쇄된 종이를 말 그대로 눈앞에 두고 그는 '천사'라는 단어를 몇 번이고 반복하여 읽었다. 마치

*「6월」(이바라기 노리코, 『처음 가는 마을』, 봄날의책, 2019) 전문

보이지 않는 것을 보고 있는 듯이. 그날, 멀리 있는 것을 보면 눈이 좋아져, 하고 그에게 말했다면 그는 어디를 향해 시선을 두었을까.

'천사를 보면 눈이 좋아져.' 그는 말하지 않았으나, '날아간다.' 나는 손가락을 펴고 어딘가를 가리키지 않았으나, 때론 말하지 않고, 보지 않을 때 더 많은 걸 말하고, 더 많은 걸 본다. 그와 헤어지고 집으로 돌아오는 밤엔 어김없이 산등성이에 눈길을 주고, 버스 창에 기대어 잠든 사람의 발을 내려다보며 언젠간 시가 될 글귀를 적곤 했다. 알수 있는 질문으로 시작해서 알 수 없는 질문으로 끝나는 것들이었다.

헤어질 때 더 먼 곳에서 만나자고 인사하는 사람과 더가까이에서 만나자고 인사하는 사람 중에 누가 더 오래 어딘가를 향해 걸어갈까. 어디로 가야 할지, 어딘가로 가는지 모른 채로, 어딘가 아름다운 흑맥주 한 잔이 기다리고 있다고 믿는다면… 누구나 닿을 것이다. 우리는 닿기위해 더 멀리 가고 닿기 위해 더 가까이 다가간다.

4부
오늘은 들었다

걸음이 느린 말

오늘은 '좀 걸을래.'라는 말을 들었다. 계절이 돌아왔구나 싶었다. 걷는다는 말은 초여름의 말이다. 그렇게 분류하고 싶다. 만진다는 봄의 말로, 앉는다는 가을의 말로, 붙는다는 겨울의 말로 적합하다. 말을 어떻게 계절별로 분류하는가가 곧 내 사계절 습성을 드러낸다. 너무 덥지도, 습하지도 않은 요즘 같을 때에 걷는 행위는 그 자체로 소소하고 확실한 행복이다. 혼자는 사색적이고 여럿이서는 의기양양하다. 한 사람이 한 사람에게 대화하자고 넌지시 청유하는 일은 여하간 정겹다. 특정한 방향도 없이 그저 나란히 걸음을 옮기는 두 사람은 말하지 않아도 말하게 되는 침묵을 경험한다. 이제 막 연애를 시작한 이들이 쉬이 제집으로 들어가지 못하고 왔다 갔다 하며 집 앞을 무한히도 서성이는 건 그 침묵의 경이로움에 빠져서이리라.

며칠 전에는 짝꿍과 다퉜다. 내 편에서는 우리 대화가 문제였고, 상대 입장에서는 내 말이 문제였다. 냉담한 며칠을 보내고 나서야 우리는 서로 속마음을 살짝 내비칠 수 있었다. 그때 내가 했으나 나는 하지 않았다고 생각했던 말이 상대방 마음에는 상처로 남아 있었다. 상대가 복기해주지 않았다면 기억할 수 없던 농담 한마디였다. 때때로 농담은 진담 사이에 박힌 가시 같은 것이 되기도 한다.

의도를 해명했으나 상대방이 바라는 건 해명이 아니었다. 그이는 사과를 받고 싶다고 했다. 고유한 말을 원했다. 미안해. 그런 말이 상처가 되었구나. 그 짧은 말을 그토록 어렵게 하면서 '농담과 진담, 말해야 할 말과 말하지 말아야 할 말 앞에서 참 시건방졌구나.' 반성했다. 한 사람이 한 사람과 믿음, 소망, 사랑을 쌓아나가는 일은 서로 다른 말의 습성을 천천히 이해해가는 과정이기도 하다. 두 사람이 함께 걷기 위해 서로의 보폭을 살피며 앞서거니 뒤서거니 하듯이 두 사람의 대화에도 적절한 멈춤과 움직임이 필요하다. 그는 더 움직였다. 자신은 공감과 배려와 존중을 원한다고 말했다. 그 큰말을 그가 참 작게도 말해서 나는 그 말을 만지거나 그 말에 붙어 앉을 수 있겠다고 여겼다. 그러고 보면 '말하다'라는 동사는 사계절의 말이다.

짝꿍과 대화하며 동네를 한 바퀴 돌았다. 길고양이 몇 마리와 인사 나누고, 장미는 붉고 가로수는 푸르다, 짙다 감탄하고, 작은 카페에 들러 자두주스도 마셨다. 선거를 앞두고 있어서 누구를 뽑아야 할까, 반인권적 혐오 발언을 유권자 마음 잡기의 일환으로 활용하는 이(들)의 면면을 욕했다. 같은 벽보를 보고 다르게 마음보를 쓰는 일은 또 어찌나 신기한지. 시건방진(!) 벽보에 적힌 페미니스트라는 명명이 '일꾼'이라거나 '○○전문가'라거나 하는 말에 비해 유독 신선하지 않느냐며 그 '정치인'과 더 오래 대화해보고 싶다는 마음을 내비쳐 보기도 했다. 표심이란 대화하고 싶은 사람에게로 향하는 마음과 다르지 않다. 많은 정치인이 일단 당선됐다 하면 그 대화부터 차단해버리지만 말이다. 남북정상회담에서 우리가 보고 감격한 것은 남북한 정상의 만남이 아니라 그 둘이 함께 걷고, 말할 수도 있는 사이였다는 사실 때문이 아니었을까.

그날 밤 나는 저녁이 있는 삶에 관한 시를 한 편 적었다. 서울시장 후보였던 어떤 이가 출마 기자회견에서 도시를 여성에 비유하며 내뱉은 망언에 관해 두 사람이 대화하는 모습이 담긴 것이다. 그들은 '너나 씻고 다녀라' '너란 존재 인정 반대'라고 망언을 혐오하며 양손 무겁게 공감과 배려와 존중의 장바구니를 들고 집으로 돌아온다. 저녁이 있는 삶이란 잘 먹고 잘 자는 삶이기도 하지만, 무엇보다 잘 걷는 삶이기도 하다. 걷는 사람만이 애쓴다. 걷고 있는 사람만이 걷는다는 생각을 하기 때문이다. 말을 다르게 생각하기 때문이다.

소리 없이 넓어진 말

오늘은 '빗소리'를 들었다. 장마다. 인간이 어찌할 수 없어서 자연은 근사하다. 야근하고 운동하고 지친 몸을 버스에 싣고 집으로 오는 길에 우수에 젖어 밤바다를 눈앞에 펼쳐 보았다. 자연의 힘이다. 우리는 자연에 순응하며 인간이 가진 한계를 가늠한다. 인간은 자연에 비견할 수 없을 만큼 비非상상의 존재이다. 자연은 인간을 자연스레 상상하는 동물이게 한다. 차창에 송골송골 맺힌 빗방울을 보다가, 창밖으로 멍하니 시선을 던지다가 바다로 향하는 버스를 떠올렸다. 그런 공상의 진앙 아래에 생활하며 쌓인 고단함이 없을 리 없다. 피곤한 자일수록 소망이 많다. 아침에 잠깨어 어제는 없었던 선을 발견하고 다른 면面을 보는 사람은 꿈에서도 떠나고자 했을 것이다. 마침 내 앞에 앉은 이가 머리를 창문에 대고 곤하게 잠에 빠져 있어서 저이의 꿈에 파도 소리가 없을 리 없겠다는 마음이 들었다. 내려야 할 곳이 있기에 어설픈 잠에 빠져서도 안내방송에 집중하고 있는 사람이 이 버스에만 해도 열둘이다. 내려야 할 곳을 정하지 않았기에 종단 열차를 타고 고독할 줄 알던 이의 심정을 노래한 시인도 있었다. 그 쓸쓸한 이도, 시인도 심야버스에서 흘러나오는 라디오 방송에 귀기울일 줄 알고 빗소리를 듣기 위해 남몰래 음악소리를 낮

춰본 자이리라.

문득, 이국에서 과묵히 투병 중인 한 시인이 나타났다. 수년 전에 딱 한 번 먼발치에서 보았을 뿐인 그이 얼굴이 차창 사이로 어릉졌다. 그의 시집 속에서 시 한 편을 골라 한 사람에게 연서를 적어 보내기도 하였다. 그 시는 처연한 것이었으나, 그때는 어렸으므로 처연함에 끌렸다. 시인의 병중 소식을 들은 후부터 나는 종종 잠시 스치듯 보았던 시인의 얼굴을 더듬어보곤 했다. 그 얼굴은 가까운 얼굴이면서 동시에 먼 얼굴이었다. 선명하면서도 흐릿한 얼굴. 병중에 마음을 다잡아 씩씩해지는 사람과 병중에 마음이 약해져 마음을 드러내는 사람은 어떻게 다른가. 시인의 허상은 전자에 가까우나 시인의 본질은 후자에 있다. 시는 본질에서 멀고 허상에서 가까운 것이므로, 오로지 그런 사람만이 '내 영혼은 오래되었으나'라는 언어를 쓴다. 영혼이라는 자연 앞에서 인간의 말은 자의적이지 않다.

철 지난 대중가요가 버스에 낮게 울려 퍼졌다. 밤에는 어째서 산보다는 바다가 먼저 다가오는 걸까. 나는 그렇다. 밤에 산에 가고 싶어지는 자와 바다에 가고 싶어지는 자의 심정은 같은 듯 다를 테다. 밤과 산을 생각하는 사람이 무덤에 더 가깝다. 무덤에 가까운 마음은 어떤 것일까.

어제 보았던 축구 경기가 생각난다. 경기 직후 어디 다친 데는 없느냐는 기자의 물음에 한 축구선수는 "마음을 좀 다쳤어요."라고 답했다. 마음의 연약함을 그토록 스스럼없이 내보일 수 있는 자는 단단하다. 그런 사람 앞으로 날아와 깨진 '모욕의 달걀'은 어떤 몸과 마음을 대변하는 으깨짐인지. 나 역시 "해도 해도 너무 못하네." 하고 내뱉었던 욕지거리를 주워 담고 싶었다. 대체로 한 번 내뱉은 말은 주워 담을 수 없다고 하지만 주워 담을 수 있는 말도 있다. 반성하는 말은 내뱉는 말임과 동시에 주워 담는 말이다. 다짐하는 말도 나옴과 동시에 들어간다. 반성과 다짐을 계속하는 사람이 결국 이룩하는 사람으로 거듭나는 이유는 말이 그 자신 안에 켜켜이 쌓여 기둥을 이루어서다.

버스가 '댄스스포츠'라고 적힌 현판 앞에 정차하자 연인으로 보이는 이들의 대화가 들릴 듯 말 듯 들려왔다. 두 개의 우산을 한 손에 들고 선 사람은 이 비가 기쁘다. 그러나 폭우에 피해를 본 이들의 사연을 전하며 디스크자키는 비의 운치를 취소하고 싶다고 했다. 빗소리가 아니었더라면 모두 흘려듣고 흘러갔을 말들이었다. 생각들이었다. 자연

의 소리 덕분에 일상의 소음과 대화가 사라진 자리에 들어
차는 침묵은 이렇게 동심원처럼 번지고 번져 나간다. 빗소
리가 소리 없이 제법 넓어진 밤이었다.

시원한 말

오늘은 '연일 폭염이다.'라는 말을 들었다. 1년 전에도 이렇게 더웠나 싶어 작년 이맘때에 쓴 글을 찾아보니 말미에 '폭염 가고 가을 와라'라고 적혀 있었다. 새삼 여름 더위는 오고 가는 거구나 싶으면서도 이번에는 심하다 싶을 정도로 더운 날들이 이어지고 있는 게 아닌가, 한숨이 절로 나왔다.

선풍기 하나면 꾸역꾸역 여름을 날 수 있던 때도 있었으나 이제는 에어컨 없는 생활을 상상하기 쉽지 않다. 소형 임대주택으로 이사하며 큰맘 먹고 산 에어컨을 여러 해 동안 고이 모시고 살았다. 주머니 사정이 뻔했다. '전기세 폭탄'이라도 맞으면 어쩌나 싶었다. 그러나 요즘은 누진세니 뭐니 해도 일단 시원해지고 보자며 에어컨을 돌려대고 있다. 그게 최근 나에게 가장 거창하고 확실한 행복이다. 지난여름 행복은 도시가스 요금이 1만 원도 채 나오지 않아 관리비가 대폭 줄어드는 행복이었다.

친구의 초대로 단편영화 상영회에 다녀왔다. 일하며 번 돈으로 꾸준히 극영화를 찍어온 친구는 몇 해 전부터 셀프 다큐멘터리를 찍고 있다. 아마도 시간과 돈을 절약하기 위해서일 것이다. 이번 작품은 선풍기 하나로 옥탑방의 더위를 견디며 '잠'을 해결하는 자기 자신을 찍은 다큐였다. 선풍기를 틀어놓고 자다가, 가동 중인 선풍기 앞에 얼음이 담긴 용기를 놓아두고 자다가, 그것으로도 역부족이었는지 점점 알몸이 되어가는 친구를 보면서 짠한 기분보다는 안타까운 기분이 들었다. 예술가 청년 노동자의 고난을 고스란히 전달받아서였다. 영화의 마지막에 가서 마침내 그가 더울 땐 더 덥고 추울 땐 더 추운 옥탑이 아니라 부모의 안락한 집, 바닥이 아닌 곳에서 잠이 들자 괜히 뭉클한 기분이 들었다. 나라고 그와 크게 다른 삶을 사는 건 아니지만, 적어도 나에게는 소형 벽걸이 에어컨이 있었다. 에너지 효율 등급이 떨어지는 제품이라고 할지언정 이 더위에 '있는 것'과 '없는 것'은 큰 차이다.

상영회가 끝나고 위에 병이 있어 자극적이고 시원한 음식을 꺼리는 친구와 함께 하얀 순두부를 데워 먹으며 사는 이야기를 나누었다. 이제 친구 집에는 소형 에어컨이 있다고 했다. 살 만하다고 했다. 없을 때는 살아도 살 만한 게 아니었다는 말처럼 들렸다.

친구의 집에 가본 적이 없고, 친구를 집에 초대해본 적이 없다. 아마도 그와 나는 누군가를 초대하기에 자신의 집은 좁고, 덥고, 춥고, 작다고 지레 주눅들었을 테다. 그날, 에어컨을 계속 가동해도 식당 온도가 당최 내려가지

않는다며 미안해하던 주인의 얼굴이 낯설지 않게 느껴진
건 어째서일까.

입이 쓴 여름이다. 여름 더위에 입이 달면 그게 더 이상
한 거라고 말하는 이도 있지만, 든든하게 차려놓은 밥상
앞에 앉아서도 자꾸 달곰한 밥상의 너머를 그려보게 된
다. 서늘한 그늘에서 푹푹 끓여 먹는 '닭백숙의 더위'는 시
원한 더위이다. 여름에는 부러 뜨거운 음식을 찾아 먹어야
한다며 택배로 삶은 닭을 꽁꽁 얼려 보내던 '부모의 마음'
도 있었다. 그런 마음을 냉장고에 쟁여놓으면 한 며칠은
기운이 났다. 친구에게도, 나에게도, 어딘가에 거주하며
일하고 사는 이들에게도 이번 더위는 유난한 더위로 기억
될 테지만, 밥상의 너머에 누군가의 '누진세 없는 마음'이
있다고 여기면 또한 견딜 만한 힘이 나기도 할 테다.

선풍기도 필요 없고, 에어컨도 필요 없는 가을에 누군가
와 함께 밥상에 둘러앉아 호박잎에 우렁된장을 발라 먹으
며 영화적인 삶에 관하여 이야기를 나누고 싶다고 소망하
는 밤이다. 그러니까 우리가 몇 도부터 더웠는지, 몇 도까
지 추워질지. 다시, 폭염 가고 가을 와라.

받아들이는 말

오늘은 '아픔을 받아들이세요.'라는 말을 들었다. 자주 쓰지 않아 굳어진 근육을 풀어주며 들은 말이었다. 아픔을 거부할수록 더 아파지고 아픔을 받아들일수록 덜 아프게 된다는 말을 듣고 일단은 통증을 꾹 참아보았다. 거부에서 인내로, 참음에서 참아짐의 경지로 가기까지 얼마나 오랜 시간이 걸릴까. 나름 수련인의 본보기가 되어보고자 했으나 쉽지 않았다.

요가를 시작했다. 다이어트나 체형 교정 같은 성과를 바라서는 아니고 몸의 통증을 조금이라도 줄여보자는 마음에서였다. 건강할 때 건강을 염려하지 못했다. 누군들 퇴행하는 신체를 단번에 알아채고 받아들일까마는 내 몸을 정직하게 바라보는 과정이 이즈음 시급해졌다. 몸 이곳저곳이 하나둘 삐걱거렸다.

내가 다니는 요가원은 '느릿느릿'을 수련 과정으로 삼고 있다. 천천히 몸을 움직여 동작을 완성하고 풀어주기를 반복한다. 그 '느림'에 몸과 마음을 맞추는 것이 동작을 완벽히 습득하는 것보다 중요하다. 그렇게 느리게 몸을 움직이다 보면 내가 얼마나 빠른 속도에 맞춰져 살아왔는지를 알게 된다. 두 팔을 양옆으로 뻗었다가 거두어들이는 일은 오래 힘써야 하는 일이다.

비록 일주일에 두세 번, 한 시간씩이지만 평소와는 다르게 내 몸의 시간을 소비하면서 일순간 찾아오는 마음의 고요를 반짝 마주했다. 다른 것을 신경쓰지 않고 오로지 손끝에 힘을 주어 두 팔로 공기의 내막을 부드럽게 열어젖히는 일과 허리를 꼿꼿이 세워 몸속을 어지럽게 흘러 다니던 기氣의 방향을 아래서 위로, 땅에서 하늘로 맞추어주는 일에 집중하면서 점차로 느꼈다. 우리가 고요와 마주하여 사는 일을 자주 잊고 있음을. 그 무념무상 상태가 어쩌면 우리 몸이 원초적으로 감각하고 있던 것임을. 건강한 몸은 건강한 고요에서 온다.

요가를 시작하고 허벅지와 종아리에 반복적으로 찾아오는 묵직하고 뻐근한 증상이 다소간 개선되자 당분간 일을 만들지 말고 조용히 살아보자 다짐했다. 그런데도 어느새 달력에 이런저런 일정이 들어찼다. 무엇으로부터의 방심이 몸과 마음을 다시 그 신속한 속도에 맞추게 한 것일까. 지금보다 열 살쯤 어렸을 때는 두 발로 서는 인간은 성에 차지 않아 몸도 마음도 바빴다. 소란스러웠다. 이제 안다. 고요는 언제나 내 밑바닥에 있었음을.

어깨나 고개를 아래로 떨어뜨리고, 날갯죽지를 활짝 열었다 닫아주고, 정수리를 크게 넓혀주며 숨 쉬는 자세를 수련하다 보니 옛 생각이 났다. 몸에서 힘 빼는 연습을 자주 해야 한다던 한의학적 처방을 받았던 때가 있었다.

몸에서 소란을 빼는 연습. 마음의 내란이 잠잠해질 때 '아픈 몸을 살다'라는 말이 통증에 익숙해지는 것이 아니라 통증이 있는 내 몸에 익숙해지는 것이라는 걸 깨치게 된다.

아픈 몸을 받아들이기란 결코 쉬운 일이 아니다. 아픈 몸에 대한 공포를 천천히 살펴보다 보면 결국은 '홀로 됨'에 대한 두려움과 직면하게 된다. 아픈 순간에 나는 홀로일 수 있고, 그 홀로 있음을 수긍하는 순간에 드디어 우리는 그 병든 몸을 살게 되는 것이리라. 그러므로 이런 홀로서기 연습도 필요하다. 할 일도, 하고 싶은 일도 없는 한낮에, 창문을 활짝 열어놓고 방바닥에 가부좌를 틀고 앉아 말없이, 숨 쉬어 보기, 그때 알게 된다. 가벼운 팔다리도, 무거운 팔다리도 모두 내 것임을.

지독한 신경증을 앓으며 "사는 게 뭐라고, 죽는 게 뭐라고" 하는 지혜를 익힌 일본 작가 사노 요코는 분명 아픈 몸을 받아들이는 가운데 저 명징하고 용감한 생의 감각을 터득했을 것이다.

멍한 말

오늘은 '오랜만에 멍 때렸다.'라는 말을 들었다. 동료들과 점심을 먹던 중에 한 사람이 어느 다큐멘터리에 대한 이야기를 꺼냈다. 기차에 카메라를 부착해서 기차가 지나가는 풍경을 담아놓은 기록물이라고 했다. 그는 소리도, 자막도 없이 영상으로만 이어지는 그것을 꽤 긴 시간 동안 멍하니 보았다고 말했다. 처음에는 '이런 걸 누가 보나' 싶었는데 보다 보니 묘하게 계속 지켜보게 되더라는 거였다. 오랜만에 얼이 빠졌던 경험을 말하는 이의 표정에서 그때 느꼈던 기묘한 즐거움이 전해졌다. 그는 아마도 그 순간 시각적인 경험이 아니라 청각적인 경험을 한 것이었으리라. 휘황찬란한 풍경에 매료될 때와 달리 가만히 앉아 음이 소거된 세계를 소리 없이 지켜보면서 그는 자신의 귀가 열리는 신세계를 경험했을 테다. 우리는 소리가 사라진 가운데서 가끔 소리로 인해 놓치고 있던 것들을 발견한다. 어떤 이는 그것을 '침묵의 말씀'이라 여겼다. 자발적으로 '정신을 내보내는' 경험은 소란스러운 감각을 일시에 차단하는 체험이 아니라 그것을 일시에 전환하는 고요한 체험이다.

'멍해지기'가 일상에 어떤 영향을 미치는지에 대한 실험 결과도 있을까. 인터넷으로 검색해보았다. 과연 '멍 때리기의 놀라운 효과'라는 제목의 글들이 여러 개 수집, 정리되어 보였다. 뉴턴이 만유인력을 발견한 게 사과나무 아래에서 멍 때렸기 때문이라는 얘기, 한 기업 회장은 매일 한 시간씩 창밖을 멍하니 바라보며 자신의 창조성을 최대한으로 끌어올렸다는 얘기, 멍 때리기가 스트레스 감소와 자신감 향상에 도움을 주었다는 한 포털사이트의 설문조사 결과까지 그야말로 정신을 집중하는 효능만큼이나 넋을 놓는 효능도 인생에 도움이 될 만한 것들이었다.

그런 효능을 믿음 삼아(?) 한국에서는 매년 '멍 때리기 대회'가 열리기도 한다. 도심 한복판에 멍 때리는 집단을 등장시켜 바쁜 사람들과 대조를 이루게 만드는 이 예술 작업은 대회에 참가한 이들을 예술 행위자로 변화시켜 아무것도 하지 않는 것의 가치를 표현하게 한다. 임용고시생, 경찰관, 택배기사 등 대회에 참가한 이들의 이력만 보더라도 그들이 왜 아무것도 하지 않는 자신을 그곳에서 드러내고자 하는지를 쉬이 짐작할 수 있다. 올해 대회에서 우승한 이는 중학교에 재학 중인 학생이었고, 그 학생은 교과서를 집어 던진 후에 스스로 멍해졌다.

우리는 대체로 혼자서 멍해진다. 멍해지는 것은 혼자서 하는 최초의 놀이다. 생각에 빠지는 것이 아니라 생각 없이 나를 그 자체로 생각이라는 물질로 만드는 것. 멍해지고 나면 멍해졌다는 사실도 모르게 된다. 생각하는 것이 아니라 생각인 채로 있다. 멍 때리기 대회 우승자에게 주어지는 '생각하는 사람' 트로피는 생각의 과정이나 결과에 대한 보답이 아니라 '나'라는 생각 자체에 대한 응원과 지지인 셈이다. 아무것도 하지 않고 나를 나로서 내버려두는 행위를 통해 나와 우리의 움직이는 삶을 생각하게 하는 것. 아무것도 하지 않는 데에 있는 가치란 그런 것이 아닐까.

최근에 발생한 성폭력·위계폭력 사건들을 살펴보면서 나는 부쩍 멍해졌다. 멍, 하면 멍, 하는 '멍때리기 고수'도 있겠으나 그럴 수 없었다. 학창시절 '여자' 같다는 이유로 폭력에 노출됐던 기억을 떠올렸다. 그때 나는 그것이 또래들 간에 일어났던 다툼이 아니라 나보다 힘이 더 있는 아이에게 당한 폭력이었음을 미처 알지 못했다. 설명할 수 없었다. 그때 그 폭력사건 주변에 있던 이들 중 상당수가 우리를 친한 사이로 여겼기(우겼기) 때문이었다. "친구들끼리 그럴 수 있지." "친구가 좋아서 장난친 거야."라던 말은 돌이켜보면 피해자의 말이 아니라 가해자의 말에 더 가까운 것이었다. 우리가 어린 시절 강요받은 사과하는 말,

화해하는 말은 실은 가해자의 말로부터 비롯된 것인지도 모른다. 지금이라고 크게 다른가? 이즈음 자신의 성폭력 피해를 증언하며 죽을 각오로 싸우겠다는 사람들은 언제부터 자신을 멍이 든 상태로 내버려두었던 것일까. 침묵의 말씀에서 해답을 찾게 될지도 모른다.

넋 놓기 좋은 계절이 다가온다. 침묵의 말씀에 귀를 기울이다 보면 말이 담긴다. 멍 때린 후에 그게 누구라도 그 사람은 입술에 가까워진다. 할 말이 있어서가 아니라 해야 할 말이 있어서. 멍해졌는가. 그렇다면 이제 멍해지지 않을 때다.

미래가 있는 말

오늘은 '우리의 미래'라는 말을 들었다. 한 콘서트에서였다. 데뷔 20년을 맞은 가수의 공연도 공연이었지만, 1부와 2부 사이에 초대가수로 출연한 사람이 인상적이었다. 싱어송라이터 '유라youra'였다.

이미 많은 이들에게 자신을 알린 가수의 무대에 선 '무명가수'는 시간에 쫓기듯 별다른 인사도 없이 곧바로 노래를 시작했다. 관객들이 하나둘 자리를 떴다. 으레 그러하듯 그 시간을 화장실에 다녀올 시간쯤으로 여긴 것이다. 적지 않은 인원이 밖으로 우르르 빠져나가는 것을 지켜보며 내가 다 민망했으나 무대 위에 선 이는 그런 것에 아랑곳하지 않고 공연에 집중하고 있었다. 좁은 보폭으로 무대를 누비며 노래하고 춤추는 모습이 근사했다. 그 시간, 그 공간에서 그는 오로지 자신에게 몰입하고 있었다. 노래 세 곡을 요란스럽지 않게 연이어 부른 후에 그가 미소 지으며 말했다. '화장실 가신 분들이 얼른 들어오셔야 할 텐데요.' 나도 웃음이 나왔다. 최선을 다했구나. 노래를 부르는 짧고도, 긴 시간 동안 자신을 자기 자신에게 이해시킨 이의 얼굴은 평화로웠다. 그 얼굴에는 어떤 주눅이나 좌절이나 비극이 들어서 있지 않았다. 비록 잠시일지언정 연습한 바대로 노래한 사람에게 번진 환희는 거창한 것이 아니었다. 오랜만에 목격하는 담대함이었다.

초대가수가 퇴장하고 다시 무대에 오른 가수가 유라에게 감사인사를 전하며 관객들에게 말했다. "우리의 미래입니다. 지켜봐주세요." 문득 '미래'라는 말이 낯설게 느껴졌다. 미래의 형태와 내용을 추측해보았다. 미래는 과거와 현재의 무엇을 비추는 거울인 걸까. 미래는 기쁨에, 연습에, 담담한 것에 가까운 것일 테다. 그날 오후 광장에서 보았던 이들이 함께 그려졌다.

공연에 오기 전, 한 친구와 함께 퀴어문화축제를 찾았다. '우리는 어디에나 함께 있다'는 구호로 시작된 '열아홉 번째 현장'에 서 있자니 자연히 지나온 시간과 다가오는 시간에 대해 스스로 묻고 답하는 인간이 되었다. 나와친구는 당당히 그곳을 찾아와 무지개 망토를 두르고 노는 젊은 사람들을 살펴보면서 아, 미래다. 밝은 미래다, 라는 말을 주거니 받거니 했다. 동성애를 범죄로 간주해 처벌하는 나라들의 국기로 만들어진 '암스테르담 레인보 드레스' 곁에 서서 '셀카'를 찍는 이들을 보면서 그들이 인증하고 있는 것은 혐오의 깃발일까, 현재의 얼굴일까, 미래의 무지개일까 헤아려보았다. 그곳에서 우리의 미래를 마주했다.

집으로 돌아오는 길에 20년 가수 생활을 회고하는 대신 현재를 곱씹으며 '○○할 수 있다면'이라는 노랫말로 콘서트를 담담히 닫던 이를 생각했다. 언젠가 나올 제 데뷔 앨범에 수록될 노래입니다, 라며 마지막 곡을 옹알옹알 소개하던 이의 모습도 떠올랐다. 가능성의 언어를 자주 쓰는 이들이 서는 '미래의 자리'는 어딘가 누군가로부터 주어지는 자리가 아니라 바로 내가 서 있는 자리일 것이다. "당신과 내가 좋은 나라에서 그곳에서 만난다면" 그 자리는 넓거나 좁은 자리가 아니라 닫혀 있지 않고 열려 있는 자리다. 열린다면, 언젠가, 라는 무한한 자리. 한 사람을 무엇이든 가능한 사람으로 만드는 자리를 우리는 미래라고 부르는 것인지도 모른다. 이번 퀴어문화축제의 슬로건은 '퀴어라운드QUEEROUND'였고, 한 가수의 콘서트에 붙은 이름은 '더 원더The Wonder'였다.

재밌는 말

오늘은 '사는 게 재미없다'는 말을 들었다. 카페에서 한 번, 지하철에서 한 번. 나라면 하루에 서너 번도 더 할 수 있는 말을, 하는 대신 듣게 되니 그 우연한 합이 무척 신기했다. 십 대로 보이는 사람이 휴대전화로 저편의 또래에게 건넨 말과 어르신들이 농담 삼아 주거니 받거니 하는 대화 속에 자리 잡고 있던 말이 어찌 같을 수 있을까 견주어보다가 인생은 어디까지 살아야 재미있어지는 걸까, 사는 재미에 관하여 생각하게 되었다.

생각해본다.

인간은 생각하는 동물이다(라고 배웠다). 따지고 보면 '생각'이라는 행위는 참 재밌는 인생의 부속이 아닌가 싶다. 인간만이 생각하는 건 아니겠으나, 인간만이 생각할 수 있다는 생각은 또한 인간만이 할 수 있기에 재밌다. 생각이 생각의 꼬리를 물며 이어지도록 하는 경험은 어쩌면 인간이 가장 빠르게 터득하는 재미일지도 모른다. 먹고 싸는 원초적인 재미를 넘어서 왜 먹으면 똥이 되어 나오는지를 부모에게 묻고 또 묻는 어린아이의 천진난만은 드디어 그 아이를 어른의 세계에 진입하게 한다. 어른은 그렇게 차근차근 이루어지는 것이다. 그러나 어린아이가 어른의 과정이라는 건 참으로 재미없는 생각.

근래에 나는 무슨 생각이 그렇게 많은지 쓰는 글마다 자꾸 '생각하다'라는 말을 반복해 적고 있다. 생각이 쌓이고 쌓여서 결국엔 궁금증이 되고, 그 궁금증이 쌓이고 쌓여 결국엔 대답이 되는 과정을 '해소'라고 부를 수 있다면 나는 이즈음 참 해소하고 싶은 게 많은 사람. 어느 날, "말로 표현할 수 없는 것이 온몸에 충만해질 때 비로소 우리는 말에 가장 가까워지는 것은 아닐까(와카마쓰 에이스케,『슬픔의 비의』)."라는 문장을 곱씹으며 나는 점점 말수가 줄어드는 사람을 이해할 수 있게 되었다. 말의 해우소解憂所는 말이 아니라 침묵이다.

한 라디오 방송에 '고민 해결사'로 잠시 나선 적이 있다. '인생, 어디까지 살아봤니?'라는 이름이 붙은 코너였다. 청취자의 고민 사연을 받아 상담을 해주는 건데, 내 예상보다 고민이 무거웠다. 할 말보다 할 수 없는 말이 더 많았다. 굴곡진 인생사에 마음을 쏟을수록 인생을 더 살아야겠다는 생각이 든다고 짝꿍에게 말했더니, 짝꿍은 한술 더 떠 너는 굴곡이 없는 사람이니까, 라고 웃으며 대꾸했다. 인생의 굴곡이 없는 사람이 어디 있나. 구불구불한 곡절이 반드시 인생을 성숙하게 하는 것일까. 갑자기 내 인생이 흥미진진해졌다. 인생을 어디까지 살아봤냐는 물음은 듣는 사람이 아니라 말하는 사람에게로 향하는 것이다. 그런 것을 스스로 물을 때만 인생이 내 것이면서 동시에 네 것이기도 하다는 것을 깨닫는다. 타인의 인생 속에 발을 담가보는 경험은 인생을 재미있게 한다. 우리가 우정이나 사랑이라는 관계에 그토록 열중하는 것은 내 인생이 아니라 남의 인생을 경험하기 위해서다.

요즘 한 드라마에 푹 빠져 있다. 누군가는 텔레비전을 바보상자라고 부른다지만, 지구대 경찰들의 굴곡진 인생을 시청하면서 경찰서에서 근무하는 현실 친구의 밤낮이 염려됐고, 거리에서 스쳐 지나가는 경찰의 생김새와 표정을 보게 됐다. 그들에게도 사연이 있을 것이다. 궁금했다. 인공호흡기에 의지해 생명을 유지하고 있는 사람의 연명치료를 중단하며 아내를, 엄마를, 시어머니를, 친구의 어머니를, 한 사람을 떠나보내는 이들의 모습을 지켜보면서 엉엉 소리 내어 울었다. 아이러니하지만 오랜만에 소리 내어 울며 재미있었다. 그 배설하는 경험이 무슨 연유에선지 잊고 있던 재미처럼 여겨졌다. 예기치 못한 울음 덕에 부모에게 전화해 안부를 물었다. '이렇게 얄팍한 사람이구나, 나는.' 하고 무릎을 탁 쳤다.

사는 게 재미없다고 느낄 때 시장에 가보라는 사람이 있고, 장례식장에 가보라는 사람이 있다. 전자는 인생을 해소해야 할 것으로 보는 사람일 테고, 후자는 인생을 해결해야 할 것으로 보는 사람일 테다. 시장은 생생한 것과 거리가 멀고 장례식장은 생생한 것과 거리가 가깝다. 그런 이유로 우리는 시장보다는 장례식장에서 더 산다는 것에 대해 고민한다. 해소하는 재미는 듣는 사람의 것이고, 해결하는 재미는 말하는 사람의 것이다. 그렇다면 오늘 내가 들은 말은 해결의 거리를 던져주고 해소의 기미를 찾는 사람(들)의 화두인 셈이다.

생각하면 사는 게 참 재밌다.

살펴보는 말

오늘은 '지혜를 구합니다.'라는 말을 들었다. 한 언론인이 자신이 취재하여 쓰게 될 글이 많은 이들의 마음에 가닿길 소망하며 이 세계에 없는 존재에게 지혜를 간청하는 모습을 보면서 '좋아요'를 누르는 대신에 나 역시 기도했다. 지혜를 얻게 하소서. 그가 내 친구여서가 아니라 내가 그의 기사를 애독하는 사람이어서였다.

어떤 존재에게, 무엇인가로부터 지혜를 얻고자 간곡한 마음을 먹어본 지가 오래되었다. 지혜로운 노인이 되는 걸 소망으로 삼고, 늙으면 자연히 지혜로워진다는 말을 믿어본 적이 없는 나인데도 그리되었다. 책장을 넘기며 밤부터 새벽까지 지혜의 조개껍질을 줍는 일은 이제 대단한 노력을 필요로 하는 것이 되었다. 당신은 지혜를 구하는 삶을 애써 살고 있는가. 살림의 지혜나 사무의 지혜를 깨알같이 적어놓은 글을 볼 때마다 궁금했다. 옷에 볼펜 자국이 났을 때 물파스를 발라두면 얼룩이 말끔히 사라진다거나 회식 자리에선 무조건 <무조건>을 부르며 당신이라는 가사 대신 부장님을 넣으라는 팁을 먼저 익히고 알린 지혜의 전파자는 어떤 사람일까. 지혜를 얻고자 하는 사람이 아니라 지혜를 주고자 하는 자가 되고 싶은 건 어째서 나타나는 본성일까. 지혜롭기 위해 평생을 책 속에 파묻혀 살다

눈이 먼 작가는 과연 소망한 대로 '지혜의 보고'가 된 것일까.

사람은 저마다 선호하는 지혜의 원산지를 갖고 있다. 어떤 이는 사람에게서, 어떤 이는 책에서, 어떤 이는 현장에서 지혜를 구하여 얻는다. 그뿐인가. 돈에서 지혜를 구하는 자도 있고, 멀쩡한 두 다리에서 지혜를 구하는 자도 있으며, 남자라는 이유로 선천적으로 지혜로운 자도, 나이가 많다는 것으로 한사코 지혜로운 자도 있다.

자본에 항거하며 밑바닥에서 정신을 잃은 이에게 "쇼를 하네, 쇼를 해."라고 말하는 건물주, 이동에 불편을 주었다는 이유로 "병신들 지랄을 하네."라고 말하는 비신체장애인, 말끝마다 "여자들이 모르는 게 있어."라고 말하는 유식한 남성, 정당한 노동의 대가를 "어린것들이 벌써 돈을 밝히느냐."라는 말로 박탈하는 어르신을 우리는 지금도 똑똑히 보고 있다.

태초에 지혜라는 말은 진짜와 가짜를 구별할 줄 아는 힘을 이르는 단순하고 정확한 말이었을 테다. 얻고자 하면 얻어지는 것이 아니라는 점 때문에 지혜는 빛난다. 삶 속에서 자연스레 지혜의 이삭을 거두는 일은 참으로 어렵다.

지혜에 순응하며 부단히 지혜롭고자 하는 이는 어떤 눈

동자를 가졌을까. 작가이자 가사노동자이고 두 아이의 엄마이며 한 사람의 파트너인 친구가 SNS에 올린 사진을 보았다. 자음과 모음이 다 닳아 없어진 노트북 키보드 사진은 그 자체로 지혜를 향한 순응과 도전의 흔적으로 보였다. 발로 뛰고 머리와 가슴으로 앓고 손끝에 힘을 주는 가운데 친구는 자신이 허투루 알고 있던 거짓 지혜를 폐기하고 새로운 지혜를 구하고 얻었을 것이 분명하다. 한 사람이 진실로 지혜를 얻고자 했던 그 역사를 'ㅇ' 'ㅡ' 'ㄴ' 'ㅜ'로 유추해보면서 나 자신도 되묻게 되었다. 내 지혜는 어떤 자음과 모음이 닳고 해지는 가운데 생겨나는 결과물이어야 할까. 다시, 지혜를 구하여 얻고자 하는 마음이 간절해졌다.

'(제 기사가) 우리의 간격을 좁히고 이해를 돕는 데 쓰일 수 있을까요.'라며 하나님에게 지혜를 구하던 친구의 키보드가 궁금해졌다. 친구의 하나님은 그 자신이 쓰고 있는 키보드에 깃들어 있는 게 아닐까. 당신의 지혜는 어디에 깃들어 당신을 기다리고 있을까. 오늘은 '나'를 둘러싼 사람, 사물, 현장, 말, 글을 찬찬히 살펴볼 일이다. 두 눈을 총총히 빛내며.

꼭 덧붙이고 싶은 말

오늘은 '우리는 여기 있다.'라는 말을 들었다. 거듭 들었다. 2018년 9월 8일 토요일, 인천시 동구 동인천역 북광장 앞에서 열린 '제1회 인천퀴어문화축제'는 축제의 장이라기보다는 증오범죄의 장이었다. 무지와 혐오감으로 무장한 이들이 광장을 점거하고, 폭언과 폭행을 일삼은 탓에 많은 이들이 서로의 다름을 보고 듣고 이해하고 공감하고 공유하며 교양인으로서 자기 자신을 재확인할 기회를 박탈당했다. 대한민국 퀴어 인권 운동사를 논할 때 두고두고 회자할 만한 혐오폭력을 완성한 것은 몰지각한 신념을 앞세운 일부 종교 세력들이었으나, 그 '인권의 사각지대'를 조성하는 데에 일조한 것은 다름 아닌 지자체와 경찰 그리고 국가였다.

구는 개신교를 앞세운 지역 극우 보수 단체들의 눈치를 살피는 데에 급급해 이례적인 조건까지 붙여가며 축제 장소 대여를 불허했고 이를 공공연하게 광고했다. 그 때문에 그날 그곳이 인권 유린의 현장이 되었음에도 구청 관계자들은 자신들 몸을 피하기 바빴다. 인천지방경찰청은 호모포비아들의 조직적이고 흡사 용역적인 집해 방해에 대해 소극적인 태도로 일관하는 것도 모자라 주최 측에게 가해 세력들과 '원만히' 해결하라고 강요했다. 인천동구청과 경찰이 이토록 천연덕스럽게 '혐오의 톱니바퀴'로 기능할 수 있었던 것은 수년 동안 국민 간 합의를 운운하며 차별과 혐오를 방조한 국회와 정부가 있어서다. 이 '혐오 유착'은 소수자를 향한 차별과 혐오가 어떻게 구조적으로 작동하는지, 그 원리를 투명하게 드러내는 참으로 시의적절한 예시다.

그날, 알려진 것과는 분명 다르게 축제에 참여한 이들은 폭력에 굴하지 않고 "우리는 여기에 있다"라는 방패를 들고 "사랑하니까 반대한다"라는 혐오의 창을 뚫고 느리게 전진해 축제를 마무리했다. 그뿐만이 아니다. 그날 그 '역사적인' 현장을 직간접적으로 목격한 많은 이들이 자신들의 SNS를 통해 '내년에는, 내년에도 간다'는 메시지를 힘차게 전하며 연결됐다.

축제를 즐기고, 축제에 연대하기 위해 '내 친구'는 "내 사랑이 사랑이 아니라고는 말하지 말아요. 보이지 않는 길을 걸으려 한다고 괜한 헛수고라 생각하진 말아요."라고 노래 부를 예정이었다. 모든 이의 모든 사랑을 사랑이 아니라고 말하지 말아달라는 목소리는 가을 저녁 광장을, 두 손을 들어 좌우로 흔들어도 좋은 긍지의 장으로 만들었을 것이다. 그러니까 많은 이들이 머릿속에 그린 퀴어문화축제는 장엄하고 특별한 것이 아니라 소박하고 일상적인 것이었다.

모든 연인들을 축원하는 사랑의 현장에서 그들은 '차별금지법은 동성애 지지를 강요하는 독재법입니다' '항문성교는 에이즈에 걸리거나 전염시키는 가장 위험한 행동입니다' '동성애자의 진짜 인권은 동성애로부터 회복입니다' '동성 간 성행위인 에이즈로 씨가 말라 나라가 망합니다' '동성애는 치료될 수 있습니다'라는 문구가 적힌 피켓을 들고, 과연 어떤 생각을 했을까.

사랑은 혐오보다 강하다.

한 존재가 그저 거기 있음을 드러내는 것만으로 자신을 증명하려고 하는 것은 '포괄적인 차별'의 끝에서 얻어진 결론이다. '거기 있음'을 거부당하는 경험을 신의 뜻이라고 '전환'할 수는 없다. 종교적, 정치적 신념이 음란을 만났을 때 우리는 그것을 광기라고 부른다. 그 광기 서린 음란한 망상이 '퀴어도 네 옆에서 운동하고 있어, 다 같은 사람이야' '안아주는 것이 사랑입니다'라는 말을 곧이곧대로 받아들일 리 없다. 혐오의 망상은 그토록 무섭다.

마거릿 애트우드는 『시녀 이야기』에서 '여성을 오직 자궁이라는 생식기관을 가진 도구'로만 여기는 '정상적인 광신도들'의 모습을 그린다. 그들과 그날 그곳에서 믿음을 폭력의 수단으로 삼았던 이들은 얼마나 다른 것일까. 그들이 그들 자신의 오염된 믿음을 증명하기 위해 다음번 제물로 삼을 것이 무엇인지 궁금하다. 아니, 그 음란을 두 번 다시 확인하고 싶지 않다. 하여, 이 말을 꼭 덧붙이고 싶다.

차별금지법 제정 촉구.

노회찬이라는 말

오늘은 '노회찬'이라는 말을 들었다. 집에서, 회사에서, 지하철에서, 버스에서, 식당에서, 술집에서, 앉아 있다가, 서 있다가, 걷다가, 뛰다가 저 이름 석 자를 들을 때마다 가슴이 철렁했다.

스스로 죽음을 선택한 사람에 관한 말들이 주변에 넘쳐났다. 악의를 가진 이의 조롱 섞인 말도 있었으나, 많은 이들이 선의를 가지고 각자의 방식으로 망자를 회고했다. 그중에서도 인상적인 것은 이른바 '노회찬 어록'이라고 불리는, 고인이 생전에 했던 말들을 모아놓은 것이었다. "50년 동안 똑같은 판에다 삼겹살 구워 먹으면 고기가 시커메집니다. 판을 갈 때가 이제 왔습니다."라는 그 유명한 '삼겹살 불판론'에서부터 '삼성 X파일' 사건 폭로로 징역형 판결을 받은 직후에 한 "폐암 환자를 수술한다더니 폐는 그냥 두고 멀쩡한 위를 들어낸 의료사고와 무엇이 다른가."라는 말까지 총정리된 그 어록을 보면서 새삼 정치인은 '말하는 사람'이라는 것을 알았다.

2012년 진보정의당 출범 당시 당대표를 수락하며 한 연설은 그가 '사람의 말'을 아는 정치인임을 정확하게 보여준다. "6411번 버스라고 있습니다."라는 구체적인 예시로 시작해 "이분들은 태어날 때부터 이름이 있었지만, 그 이

름으로 불리지 않습니다. 그냥 아주머니입니다. 그냥 청
소하는 미화원일 뿐입니다. 한 달에 85만 원 받는 이분들
이야말로 투명인간입니다."라는 정서적 호소를 거쳐 "이
들은 아홉 시 뉴스도 보지 못하고 일찍 잠자리에 들어야
하는 분들입니다. 그래서 이분들이 유시민을 모르고, 심
상정을 모르고, 이 노회찬을 모를 수도 있습니다. 그러나
그렇다고 해서 이분들의 삶이 고단하지 않았던 순간이 있
었겠습니까." 하고 질문으로 이어지는 연설은 많은 이들
을 감격하게 했다. 배워서 다 안다고 떠드는 말이 아니라
'경험했으나 잘 모르겠습니다'라고 고하는 말, 그런 말이
가슴에 담긴다는 걸 그는 어떤 정치인보다도 믿는 이였
다. 지혜로운 정치인은 믿게끔 말하는 사람이 아니라 믿
는 것을 말하는 사람이다. 그러므로 모든 정치인은 말에
서 바닥을 보인다. 자신의 명명백백함을 믿는 자와 믿게
끔 하는 자의 서로 다른 결말을 우리는 모르지 않는다.

한국여성의전화 창립 35주년 후원의 밤에서 보았던 그
의 얼굴이 새삼 떠오른다. 그는 올해로 13회째를 맞는 '여
성인권영화제' 개막식에 거의 매년 참석해 인사를 남겼다.
공사가 다망한 가운데로 시작하는 그저 그런 축사가 아니
었다. 안녕하십니까, 노회찬입니다, 자신을 밝히는 말이

었고, 자기가 후원회원임을 자랑스럽게 여기는 말이었으며, 무엇보다 여성폭력 문제를 해결하기 위해 최선을 다해 연대하겠다는 말이었다. 더 중요한 것은 그가 그런 말 뒤에도 여전히 자리에 남아 식이 끝날 때까지 함께 손뼉 치고 환호했다는 점이다. 그런 그가 후원의 밤에서 보여준 얼굴은 여전히 웃고 있는 얼굴이었지만, 어딘가 마음의 흐름이 막힌 듯 보이는 얼굴이기도 했다. 웃음이 가셨을 때 한순간 그 얼굴에서 피로가 엿보였다. 그런 그늘을 보고 나는 그에게도 잠깐 쉼이 필요하겠다, 감히 생각했었다. 그의 말대로 "동지적 마음으로" 그러했다. 그게 그에 대한 마지막 마음 씀씀이가 될 줄도 모르고….

　부질없지만 그가 만약 살아나서 우리의 회고를 보거나 듣는다면 그 어느 때보다도 더 크게 손사래를 칠 것이다. 모든 죽음은 미화되는 것이라고. 우리가 회고적인 인간이 아니라 미래의 낮은 곳을 향해 흘러가는 인간이 되도록 격려했을 것이다. 그 자신이 먼저 스스로를 낮추면서. 그러므로 마치 그의 죽음에 관하여 모든 것을 알고 있다는 듯 떠드는 어느 '정치 양아치'의 말은 죽은 말이다. 우리는 그의 죽음이 아니라 그의 삶이 아름다웠다고 돌이켜보는 중이다. 설령 그 삶이 미화된 것이라 할지라도. 모든 삶을 죽음 앞에 세우도록. 이것이 우리가 기억하는 동지의 말이다.

내 친구 보라는 자신이 가장 손을 많이 잡아본 국회의원이 노회찬이라고 말했고, 국회 청소노동자들은 자신들을 유일하게 사람 취급한 이가 그라고 말하며 두 손을 모았다. 어쩌면 우리는 그를 배웅하며 사람답게 손을 잡는 법과 사람답게 손을 놓는 법을 새삼스럽게 배우고 있는 건지도 모른다.

호빵맨, 그곳에서도 사람에게 손 내미시길.

작가의 말

밤잠이 많아지고 아침잠은 적어졌다. 그렇다고 일찍 일어나 글을 쓰는 일이 더 수월해지진 않았다. 출근 전에 글을 쓰는 생활을 원한 적이 없는데, 때때로 그것을 큰 기쁨으로 여겼다. 오늘 아침 버스에선 '경쾌한 어른'이라고 말해보았다. 오래전부터 지혜롭게 늙어가는 사람이 되고 싶었으나, 이즈음엔 종종 경쾌하게 늙어가는 사람이 되고 싶다고 마음먹는다. 자주 마음먹는 사람과 어쩌다 한 번씩 마음먹는 사람 중에 더 빨리 성숙하는 사람은 누구인가. 궁금한 사람이 지혜롭다.

경쾌한 어른이란 어떤 어른일까.

나이는 거저먹는 거니까 생색내지 말자, 하고 어른스러움을 잊고, 어른 대접을 바라지 않으며, 어른 취급을 당하면 만면에 서운함을 드러내는 사람일까? 아니, 가지각색의 옷을 믹스매치해서 입고 다님에도 불구하고 과연 나이를 허투루 먹지 않았구나, 하는 소릴 듣는 사람은 어떨까?

어른을 제대로 궁리해보기도 전에 우리는 어느새 어른이라고 불린다. 어른이란 어떤 사람, 어떤 순간, 어떤 생활, 어떤 말, 어떤 일일까. 물론 경쾌한 어른은 이런 늘어지는 생각 따위는 멀리 걷어차고 몸을 움직이는 사람이겠지.

오늘은 경쾌하게 병아리색 양말을 챙겨 신었다.

가을 아침
김현

추천의 글

은유 (작가)

시에 한참 빠졌던 즈음 나는 꿈꾸었다. '시인이 되었으면'이 아니라 '시인 친구가 있었으면' 하고, 막연히. 그 꿈을 잊고 살다가 김현을 만났다. 사람이 아닌 글부터. 우리는 한 시사주간지 같은 지면에 격주로 글을 싣는 '연재메이트'였다. 내 글이 머물던 자리에 그의 글이 채워졌고, 그의 글의 잔상이 아롱지는 자리에 내 글이 얹혀졌다. 그건 해와 달이 자리를 바꾸는 천상의 일이라기보단 마을버스 기사의 교대 근무 같은 지상의 일이었다. 그나 나나 약속이라도 한 듯 일상에서 글감을 실어왔으니 말이다.

김현은 백미러로 승객의 안색을 잘도 살피는 노련한 기사 같았다. 그가 모는 버스에 잠시라도 탄 사람들은 누구라도 한 편의 이야기를 선사받았다. 특히 그는 비탈길 운전에 능했다. 가파른 슬픔의 서사를 매번 안전하게 실어날랐다. 가장 부러운 점이었다. 그의 글을 읽은 사람은 아마 한번쯤 그의 승객이 되고 싶다고 생각했을 것이다. 나도 그랬다. 그의 행로의 무심한 동행이고 싶었고 그에게 뒤지지 않는 근무자이고 싶었다. 그렇게 흉내내고 본받으며 알았다. 내가 시인 친구를 두고 싶었던 건 시인처럼 사는 게 아니라 시인처럼 쓰고 싶었던 거였구나. 시인처럼 쓴다는 건, 김현처럼 산다는 것이구나.

시 인용 출처

작품 수록순

ⓒ 강성은, 「펼쳐라, 달빛」(『단지 조금 이상한』, 문학과지성사, 2013)

ⓒ 박시하, 「밤의 공원에서」(『우리의 대화는 이런 것입니다』, 문학동네, 2016)

ⓒ 이대흠, 「비빔밥」(『귀가 서럽다』, 창비, 2010)

ⓒ 함민복, 「가을」(『모든 경계에는 꽃이 핀다』, 창비, 1996)

ⓒ 신해욱, 「귀」(『생물성』, 문학과지성사, 2009)

ⓒ 울라브 하우게, 「비 오는 날 늙은 참나무 아래 멈춰서다」(『어린 나무의 눈을 털어주다』, 봄날의책, 2017)

ⓒ 사이토 마리코, 「눈보라」(『단 하나의 눈송이』, 봄날의책, 2018)

ⓒ 정유경, 「해와 귤」(『까불고 싶은 날』, 창비, 2010)

ⓒ 하재연, 「언제인가 어느 곳이나」(『세계의 모든 해변처럼』, 문학과지성사, 2012)

ⓒ 김해자, 「마흔 즈음,」(『축제』, 애지, 2007)

ⓒ 김은지, 「책방에서 빗소리를 들었다」(『책방에서 빗소리를 들었다』, 디자인이음, 2019)

ⓒ 이바라기 노리코, 「6월」(『처음 가는 마을』, 봄날의책, 2019)

어른이라는 뜻밖의 일

초판 1쇄 발행 2019년 9월 27일
초판 5쇄 발행 2023년 3월 20일
지은이 김현

발행인 박지홍
발행처 봄날의책
등록 제311-2012-000076호 (2012년 12월 26일)
서울 종로구 창덕궁4길 4-1 401호 (원서동 4층)
전화 070-4090-2193, E-mail springdaysbook@gmail.com

기획편집 박지홍
디자인 공미경
인쇄·제책 한영문화사

ISBN 979-11-86372-69-2 03810

이 도서의 국립중앙도서관 출판예정도서목록(CIP)은
서지정보유통지원시스템 홈페이지(http://seoji.nl.go.kr)와
국가자료공동목록시스템(http://www.nl.go.kr/kolisnet)에서
이용하실 수 있습니다.(CIP제어번호:CIP2019017574)